Marcel Aymé

La Table-aux-Crevés

Gallimard

I

La cuisine était propre. Au milieu, l'Aurélie pendait à une grosse ficelle, accrochée par le cou. De grand matin, courbée sur son cuveau, elle avait entrepris de buander le linge. Au soir, elle avait eu envie de mourir, tout d'un coup, comme on a soif. L'envie l'avait prise au jardin, pendant qu'elle arrachait les poireaux pour la soupe. Du pied heurtant une motte de terre, l'Aurélie était tombée à plat ventre dans le carré de poireaux. Et la terre lui avait paru molle comme édredon, si douce à son grand corps séché de fatigue, qu'elle était restée un bon moment, le nez dans le terreau, à prier la Sainte Vierge. En se relevant, l'Aurélie avait regardé l'air sec d'avril, d'un bleu si dur dans les lointains. Alors elle avait baissé la tête et reposé ses yeux sur le coin du jardin où la haie vive faisait une ombre fraîche.

Troublée, elle regagnait sa cuisine en murmurant un *ave* à une Sainte Vierge poussée en terre grasse, une Madone d'abondance et de vin rouge, étrangère aux litanies qu'aux vêpres du dimanche l'Aurélie suivait dans son livre de messe relié en peau de cochon. Cette Madone, plantée comme un regret bien en chair, devait donner le mauvais signe à la pauvre algèbre qui hantait parfois le cerveau de l'Aurélie. Quand son bas de coton collait plus douloureusement à son ulcère, elle passait la revue de ses plaisirs et de ses peines; sa fatigue d'un labeur monotone, en regard les joies domestiques sans imprévu, d'une couvée de poulets réussie, celles, rares, que dispensait Urbain Coindet, certains soirs où l'ulcère de sa femme ne le dégoûtait pas trop. D'ordinaire, elle concluait à son examen par un haussement d'épaules. Ou bien elle disait sans violence : « Les hommes, c'est tout du pareil. »

Ce jour-là, l'Aurélie avait une chaude envie de renaître dans la peau dorée d'une Madone des champs. Son ulcère lui paraissait une purulence immense qu'il fallait guérir tout de suite.

Après avoir mis de l'ordre dans son ménage et rajusté son chignon, elle avait recommandé son âme à Dieu, non sans aigreur. Décrochant la suspension de faïence bleue, elle s'était pendue à la place. L'Aurélie était morte presque sur le coup, les pieds en flèche, le visage pas beau.

Urbain Coindet arriva vers les sept heures et demie de la foire de Dôle où il venait d'échanger un cheval contre une jument grise de six ans, belle bête, mais panarde un peu des jambes de devant. Coindet avait fait à pied les quinze kilomètres du retour, tirant par la bride sa jument grise qu'il n'osait monter à cru, dans la crainte de gâter son meilleur pantalon. Il était fatigué, mais en entrant dans la cour, il voulut étonner sa femme et mit sa bête au trot.

— Aurélie! cria-t-il, viens voir.

L'Aurélie ne se montrait pas. Coindet fut ennuyé d'avoir manqué son entrée. Arrivé à l'autre bout de la cour, il cria encore : « Aurélie! » Persuadé qu'elle l'avait entendu de sa cuisine, il remit sa jument au trot et fit en sens inverse le chemin parcouru. Point d'Aurélie. Il en fut irrité et, tirant toujours sa jument par la bride, alla pousser la porte de la cuisine. L'Aurélie ne touchait pas terre. Saisi, Coindet resta quelques secondes immobile, la main crispée sur la bride.

— Eh ben, eh ben, murmura-t-il, si je m'attendais à celle-là...

Il fit trois pas dans la cuisine et entraîna la jument dont l'arrière-train boucha l'entrée aux trois quarts. L'Aurélie se présentait à son homme de profil, la langue dehors, l'œil en binocle, le cou très dégagé. Coindet la considéra bien attentivement. Le corps n'avait pas la moindre oscillation, il en conclut que la mort remontait à une heure au moins. Il n'y avait rien à faire. Coindet voulut faire sortir la jument pour la conduire à l'écurie. La présence de cette bête, une étrangère pour l'Aurélie, lui paraissait inconvenante. Troublée par le cadavre et malmenée par la main nerveuse de Coindet, la jument hésitait à reculer, et finit par se mettre de biais dans le chambranle de la porte, le flanc serré par une arête du mur. Coindet voulut prendre du champ pour la remettre en bonne position et heurta le corps de sa femme. Il frissonna, fit un signe de croix avec sa main gauche.

— Cré charogne, dit-il à la jument.

L'Aurélie se balançait au bout de la corde, tourniquait doucement avec des grâces raides. Coindet ne se souciait pas de la regarder, encore tremblant d'avoir touché la main froide, et s'appliquait à expulser la jument. La sale bête s'obstinait à ne pas reculer et ses efforts exagéraient gravement le défaut des jambes panardes dont Coindet s'avisa soudain.

— Pas possible, murmura-t-il.

Il lâcha la bride pour que la jument prît une attitude naturelle. Libre, elle recula toute seule et débarrassa la cuisine. Debout sur le seuil, Coindet la regardait marcher. Pas d'erreur, elle était panarde.

— Bon Dieu, v'là qu'elle marche comme mon beau-père. Moi qui n'ai rien vu de ça. Ah! c'est le jour aujourd'hui...

Il reprit la bride et conduisit la jument à l'écurie. Les idées un peu en désordre, il grommelait de temps à autre :

— Si je m'attendais à celle-là...

Il ne savait pas trop s'il pensait à sa femme ou à sa jument. Bien sûr qu'il était surtout préoccupé de l'Aurélie, mais la découverte de ces jambes panardes lui paraissait souligner étrangement la catastrophe. Tandis qu'il attachait la bête, il songea :

— J'aurais jamais cru que le piton de la suspension était si solide.

Cette réflexion le fit souvenir qu'il avait, dans son désarroi, oublié de couper la corde. Comme il sortait de l'écurie, il aperçut Victor Truchot qui passait sur la route.

— Victor, eh Victor! viens vite...

Truchot, un petit homme à longues moustaches, s'arrêta sur le bord de la route et entra dans la cour. Coindet vint à sa rencontre en courant et commença d'une voix essoufflée :

— C'est le malheur qui est entré dans la maison. Quand je suis parti ce matin à la foire de Dôle, je me serais guère douté que ça serait fini ce soir. L'Aurélie s'est pendue.

— C'est pas vrai!

— Je te le dis.

Coindet, soulagé de pouvoir s'épancher, racontait.

— Je suis parti ce matin à la foire pour me débarrasser du cheval qu'était devenu carne comme point. Un qui m'aurait dit ça quand je suis parti. Bon Dieu. Elle était comme tous les jours. Avant de m'en aller, elle me dit comme ça : « Rapporte-moi voir un pochon pour la soupe, y en a plus un de bon. » Tiens, j'y ai seulement pas pensé à son pochon. J'avais idée de changer mon cheval contre un autre, en mettant au bout si ça valait. D'abord je ne trouve rien, c'était tout trop cher. J'étais prêt à m'en retourner avec la bête. Tout par un coup, Bretet, le maquignon de Sergenaux, vient vers moi. Il me dit : « Tu le vends? » Moi je lui fais : « Ça

11

dépend, mais tant qu'à m'en séparer, j'en veux une somme, ou bien je le changerai. » Bon, le voilà qui me raconte qu'il a une jument exprès pour moi, une jument de six ans qu'il vendait pour le compte d'un homme qui était gêné. Je regarde la bête, je la fais trotter, je ne sais pas comment. Enfin, je l'achète. Et voilà-t-il pas que tout à l'heure, en rentrant, je m'aperçois...

— Je ne peux pas y croire, interrompit Truchot.

Coindet rougit un peu et bredouilla :

— Je me demande ce qu'a ben pu lui passer par la tête.

Ils arrivaient à la cuisine dont la porte était restée ouverte. Ils ôtèrent leurs casquettes, Truchot laissa ses sabots à la porte, ils parlaient à voix basse.

— Elle bouge encore, observa Truchot.

— C'est à cause de c'te saloperie de jument, expliqua Coindet. Coupe voir la corde, que je la porte dans la chambre.

Truchot sortit son couteau de poche et trancha la corde d'un seul coup. Coindet reçut le cadavre dans ses bras.

— Je l'aurais crue plus lourde, observa-t-il. Je vas la coucher sur le lit comme ça. Si ta femme veut venir, elle lui fera sa toilette.

— Oui. D'abord il vaut mieux la laisser telle quelle, à cause des gendarmes.

— C'est vrai, encore, qu'il faut prévenir la gendarmerie. Puisque c'est sur ton chemin, passe donc téléphoner depuis chez la Cornette, tu préviendras Capucet en même temps.

— Bon. Je t'enverrai ma femme dans un moment. J'aurais voulu rester avec toi ce soir, mais je ne peux pas, on m'attend à Sergenaux pour les neuf heures.

Truchot ne savait pas comment sortir. Il aurait voulu dire une parole réconfortante, quelque chose de cordial, mais d'un peu cérémonieux, qui témoignât de sa compassion et de son savoir-vivre. Il finit par trouver.

— C'te pauvre Aurélie, c'était une femme ben convenable que le travail lui faisait pas peur. On peut dire que t'as pas de chance.

Des larmes jaillirent tout d'un coup des yeux de Coindet. Il serra la main de Truchot.

— Mon vieux, c'était une bonne femme, comme tu dis, mon vieux...

Sa mâchoire tremblait. Le Victor en était tout secoué, lui aussi; il mit ses deux mains sur les épaules de Coindet et murmura :

— Faut pas se laisser aller.

Il sortit sur la pointe des pieds. Urbain alla prendre un linge dans l'armoire, en couvrit le visage de la morte et s'assit au chevet du lit. Ses larmes avaient séché sur ses joues rasées du matin. Son visage, hâlé de soleil et de vent, était fixé dans une expression d'ennui hébété, ses yeux bleus avaient un regard morne. Coindet n'était pas habitué à une solitude désœuvrée et, comme il avait son complet des dimanches, sa pensée ne retrouvait pas ses plis familiers. Après qu'il se fut lissé la moustache, qu'il portait à la gauloise, et enfoncé le pouce dans les narines, il retrouva un peu de son équilibre.

D'abord, il s'étonna du chagrin qu'il avait subitement éprouvé aux paroles de Truchot. Maintenant, il se sentait incapable d'une larme. Non pas qu'il fût indifférent à la mort de sa femme, c'était tout le contraire. Même si on a rejingué l'un contre l'autre, on ne peut pas oublier tout d'un coup qu'on a été attelé ensemble pendant dix ans. Coindet n'oubliait pas, mais son chagrin était supportable. Il s'était laissé marier à l'Aurélie presque par surprise et lui en avait toujours gardé un peu de rancune. Lorsqu'il la voyait éreintée de travail ou souffrant de son ulcère, il n'avait jamais pu s'apitoyer sérieusement. Toujours il l'avait un peu méprisée, moquée par-devant les autres pour sa grande carcasse baroque en os et sa mâchoire édentée.

— Je l'ai plus souvent engueulée que j'y ai fait des compliments, songea-t-il. Pourtant, c'était pas la mauvaise femme. Elle s'entendait bien à la maison.

Coindet n'avait pas de remords.

— Je lui ai pas dit de se pendre. Pour moi, elle aura fait ça à cause du mal qu'elle traînait à la jambe. D'un côté, j'aurais bien dû faire venir le médecin aussi, c'est pas ce que ça coûte. Je m'en suis seulement jamais inquiété. Au moins, j'aurais dû lui faire des pansements.

Cette négligence, où il voyait sa responsabilité précisément engagée, l'obséda; d'autant plus que la gravité du mal, il en convenait, ne lui avait pas échappé.

Coindet s'agitait sur sa chaise, fourrait ses pouces dans son gilet, les remettait dans son nez et, de temps à autre, jetait un regard furtif à la défunte. Il se leva, se rassit et puis s'en alla dans la cuisine pour revenir dans la chambre. Debout au milieu de la pièce, il regardait l'Aurélie.

— J'ai envie de mettre le champ Ressuyé en pré, lui dit-il.

Ses pieds hésitaient encore. Après un coup d'œil par la fenêtre, il alla ouvrir l'armoire, y prit un grand mouchoir de toile qu'il déchira. Coindet était tout rouge. Il étendit la main et releva jusqu'au-dessus du genou les jupons de l'Aurélie.

Coindet fit un beau pansement à sa femme. Puis il alla fermer l'armoire dont il mit la clé dans sa poche, songeant que ses beaux-parents ne tarderaient guère d'arriver.

Ils étaient cinq ou six à boire des canettes de bière lorsque Truchot entra chez la Cornette. Il y avait entre autres, Capucet, le garde champêtre, qui connaissait le bouquet de toutes les eaux-de-vie de Cantagrel. La boisson ne lui profitait guère, il était long et sec comme acacia en hiver, avait la voix chevrotante et du nez. Tout le monde l'aimait. Dans le pays, il ne se buvait rien de sérieux sans Capucet. A l'occasion du 14 juillet, Capucet revêtait son uniforme; le reste du temps, il était habillé comme tout le monde et un peu plus mal, sauf au jour de l'an qu'il coiffait son képi. Jusqu'à concurrence d'une centaine de francs, il avait un crédit ouvert chez la Cornette qui l'employait trois ou quatre jours par mois à des travaux de jardinage afin de maintenir la dette dans les limites raisonnables. Ce soir, Capucet expliquait aux autres buveurs, qui n'écoutaient pas, pourquoi les blés de printemps viendraient mal cette année. On avait autre chose à faire qu'à l'écouter : les clients, tous de la jeunesse, à part Capucet et Francis Boquillot, n'avaient d'yeux et de paroles que pour la Cornette occupée dans un coin de la salle à tricoter; une brune dodue, à pleine poitrine caoutchoutée, avec des mollets gras et de la hanche roulante. On disait que son homme était empêché du caleçon, mais, comme il avait des épaules de cariatide, on n'osait pas trop convoiter sa femme.

Tandis que Capucet annonçait les moissons, les gars faisaient des plaisanteries à la Cornette et donnaient un tour galant à la conversation. Cela consistait en quelques paroles anodines dont on soulignait l'intention luxurieuse par une grande claque dans le dos du voisin. Plus la plaisanterie était obscure, plus on riait. D'habitude, tout le monde y trouvait son compte. Les clients avaient de l'esprit et la Cornette pouvait tricoter dans la paix de sa conscience. Ce soir-là, les choses n'allaient pas comme d'habitude. Les gars riaient à peine, gênés par la présence de Félicien Berger du hameau de Cessigney, un matelot en permission d'un mois et demi. Il en avait pris pour cinq ans dans la flotte. Un feignant. Avec ça des airs d'avoir tout vu, une manière de dire « nous autres matafes », et de rouler les r qui dégoûtait les hommes de charrue. En tout cas, la Cornette n'avait d'yeux et d'oreilles que pour ce matelot d'ailleurs. C'est vrai qu'il n'était pas embarrassé pour lui tourner un compliment et il avait une façon de la regarder, en racontant des histoires de négresses et de Chinois qui n'était pas bien maladroite. Lorsqu'il avait la parole, les gars observaient un silence hostile et dévisageaient sévèrement Capucet qui manifestait son intérêt, comme un pauvre innocent qu'il était. Ce Félicien, avec sa vareuse décolletée, ses souliers bas et sa langue dorée, bouleversait l'équilibre sentimental de l'établissement. Francis Boquillot, à qui l'âge conférait une certaine impartialité, fut sensible au changement d'atmosphère. Il murmura dans l'oreille de Capucet :

— J'en connais une qui portera dans guère de temps.

— C'est-il que tu mènes déjà ta génisse?

Il ne comprenait pas, Capucet. Félicien racontait une histoire de là-bas :

— Vingt-deux, que je fais aux copains, voilà les chinetoks...

Le vieux Boquillot grommela dans sa moustache :

— Tu m'as l'air chinetok, chinetok, chinetok nombril?

Si bas qu'il avait cru parler, il fut entendu par deux gars qui éclatèrent d'un rire large comme la main. Et toute la tablée se mit à rire, même Capucet, si bien que le matelot perdit contenance en face de cette grosse joie lâchée contre lui. Il rougit. Alors la Cornette vint s'asseoir près de la fenêtre, à deux pas de Félicien et d'une voix ferme, qui fit taire les rires, demanda :

— Et après, Félicien, comment ça s'est fini?

Le Félicien allait continuer, Victor Truchot entra et, depuis l'entrée, annonça :

— L'Aurélie à Coindet s'est pendue.

Un vacarme de chaises, de pieds, de pieds de chaises, et puis des exclamations. Tout le monde parlait à la fois.

— Ça se peut-i-Dieu.

— Je l'ai vue ce matin.

— Pendue?

Capucet, agent de l'autorité, voulut dire quelque chose. On ne l'entendait pas, on ne le voyait pas.

Le matelot essaya de se faire entendre, mais les autres se mirent devant lui, couvrirent sa voix.

Est-ce que ça le regardait, ce qui se passait à Cantagrel? Il fut relégué et un cercle se forma autour de Truchot, dont on l'exclut. Truchot répondait brièvement aux questions.

— Je passais sur la route, voilà Coindet qui m'appelle. « L'Aurélie s'est pendue » qu'il me dit. On entre dans la cuisine, elle était pas décrochée, il arrivait de la foire. C'est moi qui a coupé la corde. Elle était pas belle à voir, je vous le dis. Ce pauvre Coindet, il faisait pitié.

Il y eut un moment de silence, on se regardait, avec des têtes de circonstance. Le Félicien en profita pour dire avec son espèce de voix de Paris :

— Est-ce qu'on a pu établir les causes du suicide?

La question serait morte de mépris si Capucet n'avait jugé à propos d'y répondre.

— C'est vrai, faudrait savoir. Je veux faire un procès-verbal de la chose.

— Mais non, dit Truchot. T'occupe pas. T'as qu'à téléphoner à la gendarmerie. Moi, je m'en vas dire à la femme qu'elle aille veiller.

— Demande-lui de passer me prendre, dit la Cornette, j'irai veiller avec elle.

Truchot partit tout de suite et les buveurs se hâtèrent derrière lui pour répandre en tout Cantagrel que l'Aurélie à Coindet venait de se pendre jusqu'à la mort.

II

Tandis que Coindet se couchait dans la grange sur une botte de paille, la Cornette et la Louise Truchot s'installaient pour veiller la morte. D'abord, elles avaient décidé de faire la toilette funèbre de l'Aurélie. Les gendarmes diraient ce qu'ils voudraient, mais on ne pouvait pas la laisser ainsi toute une nuit. Après avoir déshabillé l'Aurélie, elles lui avaient mis du linge propre, sa robe du dimanche, et l'avaient couchée sous les couvertures, les mains en croix sur le drap rabattu, un mouchoir sur le visage.

Sur la table de nuit recouverte d'une serviette blanche, elles avaient placé une assiette avec un peu d'eau bénite dans le fond, pour humecter le rameau de buis. Après quoi, elles avaient fait un grand filtre de café dont elles buvaient un verre de temps en temps, entre deux récitations de chapelet. La voix en veilleuse, elles bavardaient sans trouver le temps long. Pourtant la femme de Victor Truchot n'aimait guère la Cornette. Elle était jalouse de voir cette fille de l'Assistance publique porter des bas de soie artificielle et mener une vie de princesse entre l'épicerie et le café des vieux Corne défunts, alors qu'elle-même était obligée aux travaux de la ferme. Elle s'irritait secrètement contre le cœur insondable de Corne, Corne l'insuffisant qui avait épousé une fille sans sou ni nom — pourquoi, mon Dieu. Devant la Cornette, elle ne laissait jamais paraître de son inimitié et lui donnait son prénom de Juliette. Mais la Cornette savait à quoi s'en tenir.

Dans la chambre mortuaire, un apaisement confondait les cœurs frôlés des deux femmes contre la mort bien froide, si épaisse dans les coins profonds où la lumière n'éclairait pas. Une fois, la Cornette heurta la table où elles étaient assises et fit vaciller l'abat-jour de la lampe. Des frissons de lumière vive coururent sur le lit de l'Aurélie et la Louise, toute pâle, serra le bras de la Cornette en murmurant : « Jésus » d'une voix pour faire peur. Alors elles poussèrent leurs chaises l'une contre l'autre, heureuses de sentir, en parlant, une haleine de vie.

A s'interroger sur le mystère de l'Aurélie, elles oubliaient aussi tout ce qui leur était habituellement une raison de se détester. La Cornette croyait que l'Aurélie avait été malade subitement, elle n'osait pas dire folle pour ne pas indisposer l'esprit rôdeur de la défunte. C'était, à son avis, la seule explication d'une fin aussi dépêchée, car l'Aurélie était assidue aux offices du dimanche.

— Je ne crois pas, dit la Louise. C'était une personne

trop posée qui achetait jamais un sou de plus qu'il fallait. Il n'a jamais manqué un bouton à Coindet.

— Pour une femme posée, c'était une femme posée, je ne dis pas. N'empêche. Elle était trop sur la religion pour risquer l'enterrement civil qui lui pend au nez. Si tu te rappelles, elle communiait à toutes les fêtes. A croire que le curé lui refusera pas l'église; il connaît trop son Aurélie pour aller penser qu'elle aura fait une chose pareille de sang-froid.

— Tu me dirais ça et ce serait l'ancien curé, je contredirais pas. Mais celui-là. Rappelle-toi pour le gendre de la Génie Micoulet, hein? Je te le dis, moi...

Les deux femmes entendirent des pas dans la cour et la porte fut poussée comme à grand vent. C'étaient les parents de l'Aurélie, père, mère et sœurs. Ils entrèrent comme une cavalerie et mirent seulement pied à terre devant le lit de la morte. La mère Milouin et ses trois filles commencèrent à pousser des cris déchirants pour les oreilles. Elles se faisaient mal à la gorge. Le père Milouin, debout au pied du lit, cachait son visage dans ses mains, tête de vieux renard, une ruse dans chaque ride. Les veilleuses s'étaient levées et, à chapelets coulants, priaient aux côtés du vieux. Les cris des quatre femmes Milouin allaient s'apaiser lorsque la mère souleva le mouchoir qui dissimulait le visage de l'Aurélie. Dans la pénombre, l'Aurélie faisait une grimace épouvantable. Les filles se remirent à hurler jusqu'à la fatigue.

— Pendue! pendue! Notre Aurélie pendue!

La mère ne criait plus, épuisée, et se contentait de répéter :

— Comment que ça y est arrivé? Comment donc ben?

Et, à chaque fois qu'elle disait cela, le vieux tapait du menton sur son faux col avec un air dangereux. Les filles s'arrêtèrent de crier tout d'un coup, sur un signe de leur mère qui demanda :

— Et Coindet, où c'est qu'il est parti, encore.

— Il est couché dans la grange, dit la Louise Truchot.

Un ricanement nasal sortit des Milouin.

La Cornette essaya d'expliquer :

— Pendant qu'on faisait la toilette à l'Aurélie...

— Il devait venir nous avertir, coupa la mère. Il a fallu que ça soit des étrangers qui nous apprennent la nouvelle. Mais non, au lieu de ça, Monsieur allait se coucher, tout tranquillement, oh oui, tout tranquillement.

— Il avait tellement de chagrin, dit la Louise, qu'il ne savait plus où il avait la tête, ce pauvre Coindet.

Le père Milouin douta d'un gloussement ironique, et toutes ses femmes après lui. Gênées, les veilleuses n'osaient plus un mot, trituraient leurs chapelets, se consultaient du regard. La Cornette finit par dire :

— Puisque vous êtes là, vous avez plus besoin de nous. On vous gênerait plutôt.

— Oui, ajouta la Louise, on va s'en aller. On réveillera Coindet en sortant.

Dans la cour, la Cornette et la Louise rencontrèrent Coindet que les cris avaient réveillé.

— C'est mes beaux-parents qui viennent au moins d'arriver, dit-il, j'ai entendu que ça gueulait.

— Ils n'ont pas l'air contents après toi, dit la Cornette, c'est tout juste s'ils ne disent pas que t'es heureux de ce qui t'arrive.

— Ils se calmeront ben. Je vous remercie du dérangement.

Les Milouin étaient rangés autour de la table comme un tribunal. Coindet dit en entrant :

— J'ai bien pensé que vous seriez prévenus tout de suite.

On le laissait parler sans l'aider d'une parole, d'un geste. Coindet ajouta :

— C'est guère de chance quand même...

Silence. Alors Coindet les regarda tous un par un, dans les yeux, et paisiblement tourna les talons. La mère Milouin le rappela. Coindet voulut bien revenir et sourit :

— Vous vous réveillez, à c't'heure...

— C'est guère le moment de rire, dit le vieux.

— C'est guère le moment de rire, non, reprit la belle-mère. Tu ferais mieux de nous dire ce qui s'est passé.

— Ce qui s'est passé? voilà : je suis parti ce matin à la foire de Dôle. Quand je suis rentré, je l'ai trouvée pendue. Elle bougeait plus. Vous en savez autant que moi.

— Y a quand même une raison, dit Milouin en détachant les syllabes.

— Probable qu'y a une raison, dit Coindet. Je saurais toujours pas dire ce que c'est, vu que ce matin elle était comme d'habitude.

24

Il ne parla pas de l'ulcère que sa femme avait traîné à la jambe, puisque ses beaux-parents le savaient.

— C'est des choses qu'on n'en peut rien savoir, ajouta-t-il.

— Ce qu'y a de sûr, reprocha la belle-mère, c'est que ça n'aurait pas été si elle avait été heureuse comme elle méritait.

— Si elle avait été heureuse? Vous le savez si elle a pas été heureuse. Qu'est-ce que vous avez l'air avec votre air...

— Elle avait trop à faire. Elle s'est toujours fatiguée de trop, ici.

— Elle a jamais fait que ce qu'elle a voulu. Qu'est-ce que vous venez me chanter, que c'est de ma faute, maintenant? L'année passée, je lui ai dit de prendre une fille de quinze ans pour l'aider. Elle a jamais voulu. Je l'ai pas forcée, on aurait encore dit que je voulais installer une bonne amie dans la maison. Et puis, dites donc, vous y regardiez pas de si près quand j'étais pour me marier avec elle. Pour me décider, le beau-père me disait tout le temps : « Mon Aurélie, pour le travail, c'est un vrai bœuf, elle vaut mieux que cent mille francs de dot... »

— Enfin, elle est morte de quéque chose, dit l'aînée des filles.

— Je vous le dis : elle s'est pendue.

Coindet se sentait propriétaire d'un calme massif, il regardait ses beaux-parents sous le nez, sans colère, presque sans ironie, content tout de même de voir les femmes à Milouin sanglées dans une rage muette. Elles cherchaient un grief précis qui jetât Coindet hors de son sang-froid. Elles avaient bien quelque chose sur la langue, qu'elles n'osaient pas dire. Ce fut le vieux qui donna le branle, d'une petite voix perfide :

— C'est vite dit qu'elle s'est pendue...

Alors les femmes y allèrent grand train, à gueules mélangées. L'Aurélie n'avait pas pu se suicider, elle était bien trop pieuse, elle avait donné assez de preuves de sa résignation; il y avait dans cette catastrophe quelque chose de bien louche, mais qui serait tiré au clair, on en faisait le serment à l'Aurélie. La mère voulut même conférer à sa promesse une solennité particulière. Elle s'agenouilla au chevet du lit, prit la main de l'Aurélie pour la mettre à portée de son cœur. Nettement, l'Aurélie ne marcha pas. Son bras raide refusa tout mouvement. Une minute, les pleureuses en restèrent coites, les moelles superstitieuses.

Milouin, subitement radouci, proposait à Coindet :

— Si on sortait dans la cour un moment, je me sens pas d'aplomb.

Avant de passer la porte, le vieux regarda ses harpies d'un air satisfait, comme un metteur en scène ses acteurs.

Les deux hommes se promenaient à petits pas, sans parler, Coindet le nez en l'air. Sur le pays plat, où la vie mourait de noir, le ciel d'un bleu qui n'était pas à portée de la main avait toute l'importance. Coindet y voyait les choses préférables. Qui étaient tout de même de la terre.

Son beau-père, qui cherchait une entrée en matière, regarda aussi le ciel.

— Le beau temps tiendra, dit-il, le vent souffle de la plaine. D'une manière, un bout de pluie ferait point de mal. La terre est déjà si sèche qu'on a tous les maux de passer la charrue. T'es-t-il déjà bien avancé?

Coindet étendit le bras du côté où les bois faisaient une ligne plus noire, derrière la route.

— J'ai fini mardi de planter au Champ Debout. Hier, je me suis crampé à la Table-aux-Crevés. C'est pas pour ce qu'il y a puisque je l'ai presque toute mise en prés, mais c'est du mal quand même. Ça ne va guère non plus, depuis que Léon est parti au service et pas moyen de trouver un autre valet.

— Sûr que t'as du mal, dit Milouin. Ça va être encore autre chose, maintenant que t'auras plus personne à la maison.

— C'est pas pour arranger les affaires, convint Coindet.

— Tu ne peux pas rester comme ça tout seul. Pense voir, soigner les bêtes, faire ton manger et tenir la maison, tu sais ce que c'est.

Milouin resta silencieux le temps de laisser méditer son gendre et reprit :

— Je vois pas ben comment que tu vas t'arranger.

Coindet, toujours sur ses gardes lorsque son beau-père lui parlait avec amitié, répondit :

— Pour m'arranger, je m'arrangerai.

— Je sais ben que t'es pas emprunté, dit le vieux. Mais quand même. Ce sera pas une organisation. Faudra que t'aies une femme.

Coindet haussa les épaules et prononça avec hauteur :

— J'ai encore une femme.

Le vieux craignit de s'être un peu trop pressé et ajouta d'un air détaché :

— Ce que j'en dis, c'est façon de causer, on a le temps de voir. Seulement je me fais quand même du souci en pensant à demain.

Coindet avait entendu dire que chacune des étoiles du ciel était grande des milliers de fois comme il ne savait plus quoi. Ce soir, il était content qu'elles fussent aussi grandes. C'était doux à penser; tant de place qu'il utiliserait sûrement un jour ou l'autre... Ce soir il était presque disponible. Seulement il y avait Milouin, avec sa petite voix dégoûtante, qui l'accrochait. Au fait, qu'est-ce qu'il tâtonnait, ce vieux. Coindet voulut déblayer.

— D'un côté, dit-il, je ne dis pas que vous avez pas raison...

— Pour sûr, mordit le vieux, et autant vaut prendre un parti tout de suite. Entre hommes, on peut regarder les choses telles qu'elles sont. Je dis moi, qu'il te faudra une femme. Ça n'empêche pas d'avoir du chagrin parce qu'on pense à l'avenir. Oui. Tu me diras que tu peux prendre une servante pour te préparer ton fricot. Ah, gendre, mais dis-moi donc ce que c'est qu'une servante, et qu'aurait la main sur la maison. C'est pas possible. Du gâchis. Que ça soit un jour ou que ça soit l'autre, faudra que tu te remaries, y a pas. L'Aurélie causerait, elle te dirait pareil. En attendant que ça soit chose possible, la femme pourrait venir faire ton manger et le plus gros de l'ouvrage. Je dis la femme, ça pourrait être aussi bien une des filles. Ça serait même plus plaisant pour toi, une des filles. Parce que les vieux, ça radote toujours de trop.

— Ma foi oui, murmura Coindet.

— Après, quand y en aurait une d'habituée à la maison, tu pourrais aussi bien... dame, c'est ce que l'Aurélie verrait avec le plus de contentement. Dis. Pourquoi que tu marierais pas une des filles...

Coindet ne répondit pas à la légère, il consulta les étoiles qui couvraient pas mal d'hectares. Le vieux, lui, il croyait déjà que c'était fait. Coindet tendit le cou pour suivre une étoile filante qui était sûrement tombée derrière la maison. En allant voir, il dit à son beau-père :

— Vos filles. C'est des belles charognes.

Le vieux en resta tout engourdi au milieu de la cour. Puis, voyant reparaître son gendre au coin du fumier, il se hâta vers ses femmes sans l'attendre.

Lorsque Coindet entra dans la cuisine, les Milouin s'en allaient.

— Vous partez déjà? dit-il.

Les femmes passaient sans répondre, sans le regarder. Il posa la question à son beau-père. Le vieux s'arrêta, et se retournant du côté de la chambre à coucher :

— T' nous a insultés devant le corps de not' Aurélie, mais on saura pourquoi que not' fille est morte, bouge pas.

Une minute, il attendit l'effet de la menace, Coindet regarda l'horloge et dit simplement :

— Voilà qu'il se fait minuit.

Alors le vieux sortit derrière ses femmes et fit claquer la porte en parlant de cheveux blancs.

— Tout à l'heure qu'on renvoyait du monde me voilà tout seul maintenant, murmura Coindet.

Pensif, il alla reprendre sa place au chevet de la morte. Il avait bien compris les allusions des femmes lorsqu'elles interrogeaient sur les causes du drame, et les dernières paroles du vieux avaient un sens précis.

— Ils ont pas fini de m'en faire, songea-t-il.

Tout de même, il ne regrettait rien de ce qui s'était passé, dût sa belle parenté ameuter une moitié de Cantagrel contre lui. D'ailleurs il ne croyait pas que les Milouin fussent dangereux. En tout Cantagrel on les connaissait trop bien pour des gens hargneux, de mauvaise foi. Parce que son gendre était conseiller municipal républicain, le vieux ferait peut-être valoir de mauvais arguments auprès des vieux cléricaux qui ne renonçaient pas sur les habitudes. Il dirait que l'Aurélie était malheureuse, que son homme l'avait tuée de travail. Des bêtises, pas même pour fouetter un chat. Les gens savaient bien que l'Aurélie avait été traitée comme toutes les femmes du pays; ils savaient aussi toutes les manigances auxquelles s'étaient livrés les Milouin pour faire épouser leur fille par Coindet.

En regardant sa défunte, Coindet se sentait, malgré tout, libéré. Il osait s'avouer que la mort de l'Aurélie réparait justement le tort que lui avaient autrefois causé les Milouin. Pourtant, il ne confondait pas sa femme avec le reste de sa famille. De l'Aurélie, il n'aurait su dire de mal, au lieu que des autres...

— La mère et ses trois filles, songeait-il en s'endormant, c'est guère grand-chose, gueulardes comme point. Mais, avec ses airs de cul bénit, c'est encore le vieux qu'est le plus crigne.

III

Le vieux, qui s'était réservé la cure et le hameau de
Cessigney, avait fait la leçon à ses femmes. Au matin, à
l'heure où les hommes sont partis pour les champs, elles
s'en allaient aux quatre coins de Cantagrel parler dans
les oreilles. Elles s'étaient partagé le pays et frappaient
aux portes où elles avaient les meilleures chances d'être
accueillies. Comme disait Coindet, c'étaient des belles
charognes. Et ce fiel dans les voix. Ces faces. Des faces
sournoises, à grands nez effilés déjà coincés dans les
portes d'Enfer, des grandes bouches qui se tordaient et se
retordaient en multipliant des dents longues, jaunes, car-
riées, malpropres, malodorantes. Des chignons juchés, mi-
teux, gras. Les yeux écilés suppurant le péché triste. Les
honnêtes gens au cœur mou, rien qu'à regarder ces faces-
là, désapprenaient d'un seul coup les chemins raides
hantés de Dieu. Au moins doutaient-ils de la vertu. C'est
à peu près ce qui advint à Capucet qui, le premier,
reçut la visite de mère Milouin. Elle laissa tomber une
larme sur le seuil et donna tout juste à Capucet le
temps de prononcer :

— Ma pauvre Léontine, t'as ben du malheur...

Déjà, elle lui attrapait le bras, lui cornait dans le nez :

— Capucet, je te dis que tu ne fais pas ton métier. Il se passe des choses, t'en sais même rien, des choses que tu devrais en avoir souci toi le premier, toi tout seul. C'est une vraie dégoûtation, tout le monde le dit.

Déjà vaincu, Capucet se laissa tomber sur l'unique chaise de la pièce qui était sa cuisine, son salon, sa chambre à coucher à la fois. Avec lui, pas besoin de finasser, la Léontine Milouin allait droit où elle voulait. Le pauvre Capucet, tout sec et tout fifrelin, en face de la Léontine déployée, avait l'importance d'un courant d'air, à peu près. Maintenant, voilà qu'elle le secouait sur sa chaise de bois où les fesses dérisoires du garde champêtre posaient à pointes d'os.

— Alors, c'est pourquoi qu'on te paie, dis donc? Pourquoi. On vient te raconter que la femme à Coindet s'est pendue et tu crois ça comme ça, toi. Tu crois ça sans te donner seulement la peine d'aller y voir. Oui, tu crois ça. Une femme, mon Dieu mon Aurélie, une femme qu'était en pleine santé et raisonnable qu'une mauvaise idée y serait jamais venue. Pendue? Allons, dis-le que tu le crois. Tu ne sais donc pas, malheureux, tout le pays le dit déjà. L'Aurélie ne s'est pas pendue, on l'a pendue.

Capucet leva ses doux yeux, un peu usés parce qu'il s'en servait depuis un certain temps. D'une voix innocente qui ne sait rien de rien, il demanda :

— Qui c'est?

La Léontine l'aurait claqué.

— Il me demande qui. Voilà qu'il me demande qui. C'est peut-être à moi de te le dire? Est-ce que tu ne devrais pas être en train de chercher. Ce grand benêt. C'est garde champêtre. Il faut t'inquiéter de savoir s'il est venu des gens chez Coindet dans la journée. Il paraît qu'il n'est venu personne, y aurait que le Coindet qu'on aurait vu dans la maison. Rien que le Coindet, t'entends, Coindet, Coindet.

Capucet était bien obligé de comprendre et il ne doutait pas; il ne savait pas douter. Tout de même, il était bien étonné.

— J'aurais jamais cru, dit-il, je l'ai connu tout petit.

Alors la Léontine le fit lever, le poussa dehors et lui mit sa clé dans sa poche.

— Dépêche-toi d'aller où il faut que tu sois.

— Je vas, dit Capucet.

Hésitant, il la regardait s'éloigner. Le vent, qui soufflait de la rivière, le poussa dans le sentier qui allait, à travers prés, chez la Cornette.

Bien qu'elle fût satisfaite de sa visite à Capucet, la Léontine n'en attendait pas grand-chose. Il bavarderait, on ne pouvait espérer davantage. Si tous les gens avaient été aussi faciles à convaincre, elle eût été vite en besogne, mais ils n'avaient pas la simplicité de Capucet. Il ne fallait pas les brusquer, au contraire prendre son temps; par un exposé des faits convenablement arrangés, par des allusions répétées à la piété de l'Aurélie et à la brutalité de son homme, les convaincre tout doucement de

34

l'attitude louche de Coindet, les amener à conclure d'eux-mêmes que l'Aurélie n'avait pu se suicider, qu'il y avait un coupable. A vrai dire, la Léontine n'imposa guère qu'à deux ou trois personnes sa façon de voir, mais celles qui restaient sceptiques n'en étaient pas moins, pour la plupart, disposées à alimenter le scandale par des bavardages. C'était un sujet de conversation assez délectable par l'importance de l'accusation, qu'on fût pour ou contre. En outre, aux catholiques pratiquants, les Milouin posaient un problème délicat et qui mettait certaines consciences dans une grande perplexité. Fallait-il, disaient les Milouin, qu'une femme dont toute la vie avait été un exemple chrétien à proposer, une femme régulière à la messe comme aux vêpres, fût enterrée civilement parce qu'une main criminelle lui avait passé la corde au cou? L'aveuglement ou l'indifférence des gendarmes appelés à rédiger le procès-verbal du suicide allaient-ils signifier aux paroissiens de Cantagrel les devoirs à rendre à un des leurs? Il y avait là un cas de conscience à considérer. Sans compter que cet enterrement civil allait réjouir ceux du bord à Forgeral, le maire républicain de Cantagrel. Bienheureux si on n'allait pas voir la bannière de la libre pensée, brandie par un délégué du chef-lieu de canton, suivre le cercueil de l'Aurélie. On ne pouvait laisser aller les choses ainsi, il fallait se défendre. Les Milouin, surtout les parents, surent présenter les choses comme une menace et une insulte aux consciences chrétiennes.

Le vieux, qui n'avait trouvé personne à la cure, fit des merveilles au hameau de Cessigney. Le hameau vivait en marge de Cantagrel, à cause de sa situation en pleins bois et de la profession de ses habitants pour la plupart bûcherons, charbonniers, braconniers, contrebandiers. Ceux de Cessigney connaissaient tous les gens de Cantagrel, mais n'étant pas en rapports très fréquents, avec eux, leurs jugements sur tel habitant n'étaient pas empêchés par une timidité d'accoutumance.

Bien qu'ils ne fussent pas nombreux, une quinzaine de familles en tout, Milouin tenait beaucoup à s'assurer leur concours, car ils étaient craints à Cantagrel.

Le hameau n'était pas à plus d'une demi-lieue du village et pourtant ces bûcherons étaient reconnaissables entre tous les gens de Cantagrel et de la plaine. On disait que c'était de la graine à part. Ils se ressemblaient tous, grands, blonds, l'œil hardi, pourtant réservés en paroles. Il y en avait bien qui abandonnaient la forêt pour la ville ou la plaine, mais personne ne venait s'établir à Cessigney, les paysans des terres à blé étant peu soucieux de donner leurs filles à ces braconniers. Ceux qui restaient à Cessigney étaient tous cousins et disaient volontiers qu'il n'y avait pas de corniauds parmi eux. Ils ne craignaient personne et ceux de Cantagrel le savaient. Braconniers, un peu maraudeurs aussi, ils avaient presque tous tâté de la prison pour délits de chasse ou autres, et, s'agît-il d'un différend à régler, ne regardaient pas à un coup de fusil. Dans les quinze dernières années, il y avait eu trois hommes tués au village; le dernier l'année où les hommes étaient rentrés de la guerre, Célestin Brunet, cousin de la Louise Truchot, avait été abattu vers les huit heures du soir, en plein milieu de Cantagrel d'une balle de Lebel. Les enquêtes n'aboutissaient jamais.

A Cessigney, on était pieux et d'un rigorisme qui avait choqué plus d'un curé. L'église de Cantagrel, dont ils n'apercevaient pas même le clocher depuis leur forêt, se parait à leurs regards du dimanche d'une étrange magnificence, assez représentative du paradis. Ils vivaient dans l'observance très stricte des rites principaux et n'auraient pas manqué la messe pour un sanglier. Pourtant, l'église n'était pas la capitale de leurs divinités, tout au plus un lieu de rendez-vous solennel où le Bon Dieu et la Sainte Vierge, endimanchés, gardaient leurs distances. Dans les bois, au contraire, on les touchait de bien plus près et, pour ainsi dire, à chaque pas, la Sainte Vierge surtout. Il y avait des arbres qu'on n'approchait pas sans donner un signe de croix, certaine pierre plate où l'on faisait des offrandes de fruits, de monnaie, voire de gibiers. Les offrandes, toujours clandestines, étaient enterrées au pied de la pierre.

Au printemps, la Sainte Vierge venait en chair joyeuse danser dans les clairières et toute la forêt bougeait de Dieu.

Les morts ne se résignaient guère et il y avait des nuits où ils n'en finissaient pas de se plaindre dans les arbres. De tout cela, on ne parlait qu'entre gens de Cessigney. On laissait à leur méprisable ignorance les habitants de la plaine dont quelques-uns se souvenaient encore que le chant de la pie présage une mort subite et qu'il faut se hâter de rentrer chez soi si l'on a vu trois fois la belette traverser le chemin.

En général, les relations entre habitants du hameau et du village étaient cordiales, mais sans familiarité. Seul de Cantagrel, Capucet était accueilli dans les maisons de Cessigney comme s'il eût été des leurs; et il s'y rendait volontiers, quoique l'eau-de-vie n'y fût ni abondante ni de qualité. Tout Cantagrel accusait-il Cessigney lorsqu'il y avait un cadavre en sabots, Capucet disait que ce n'était pas possible parce que les hommes du bois avaient toujours été gentils avec lui.

Pour tout ce qui touchait aux choses de l'église, le conseil municipal devait compter avec l'opinion de Cessigney. Presque toujours indifférents aux initiatives de la municipalité, les gens du hameau, lorsqu'il s'agissait de questions religieuses, avaient une façon de donner leur avis qui sentait le sang frais. Ils ne s'occupaient pas de politique et étaient toujours en retard d'un ou deux présidents de la République. En 1914, ils croyaient que c'était M. Loubet.

Tout d'abord, Milouin n'eut pas à se féliciter de son expédition. Comme il quittait un sentier de traverse pour joindre la Levée de César, il se trouva en face de Frédéric Brégard qui débouchait d'un autre sentier. C'était un homme de trente-cinq ans, d'une haute taille, le visage beau. Il était vêtu d'un pantalon de velours noir à grands plis, d'une veste de gros drap gris entrouverte sur une large ceinture de flanelle rouge. A la main, il tenait un chapeau de feutre noir.

— Tiens, voilà Frédéric, salua Milouin.

— Bonjour, dit Brégard sans aménité.

— Ça fait du temps qu'on ne t'avait pas vu.

— Je sors de prison hier soir.

Milouin ne savait plus quoi dire. Brégard marchait à grands pas, il avait peine à le suivre.

— Les gendarmes, finit-il par dire, ça complique bien la vie pour des histoires de pas grand-chose.

Le Frédéric haussa les épaules sans répondre.

— Marche pas si vite, de Dieu, je suis tout essoufflé.

— C'est que je commence à être pressé, dit le Frédéric en ralentissant, voilà six mois que j'ai pas rentré chez nous. Six mois, ah la la!

— T'as guère eu de chance, murmura Milouin, t'es comme moi...

Le Frédéric n'interrogeait pas. Milouin lui toucha le bras et se torcha les yeux avec sa manche.

— On m'a tué ma fille Aurélie hier au soir.

Brégard, qui n'avait pas entendu ou avait mal compris, reniflait la forêt, sans mot dire.

Alors le vieux répéta, d'une voix impatiente:

— On m'a tué ma fille Aurélie hier au soir.

— L'Aurélie au Coindet? Qu'est-ce que vous me dites!

Milouin pissa de l'œil dans son mouchoir et geignit:

— La vraie vérité. Ah malheur, une fille qu'avait le caractère si plaisant, adroite, sérieuse et puis tout. Malheur donc...

— Qui c'est qu'a fait le coup?

— Vas-y voir qui c'est, on n'en sera jamais sûr. Personne a vu rentrer du monde dans la maison, à part Coindet, bien entendu. D'abord c'est pas ça qui me tourmente bien de savoir qui c'est. Y a autre chose qui m'occupe, tu penses...

— Quand même, dit le Frédéric, faudrait savoir, Coindet ne peut pas laisser...

— Coindet, il s'ent fout bien. Ah oui, ton Coindet. Tu sais pas ce qu'il a imaginé avec ceux du bord à Forgeral. Il dit qu'elle s'est suicidée, il raconte ça, oui, pour qu'on l'enterre civilement, pour pas qu'elle passe à l'église. Elle, une femme qu'on n'aurait pas pu trouver meilleure catholique et qui communiait et qui t'allait à la messe et aux vêpres et tout, enfin, tout, enterrée civilement, mon Aurélie. Et pourquoi, rien que pour faire pièce au curé, pour voler l'église. Je dis bien, voler l'église.

Le Frédéric s'arrêta, ému, déjà irrité. Il lui semblait qu'on eût profité de son éloignement pour traquer Jésus dans les cœurs des chrétiens. Il protesta :

— C'est pas possible, ils oseraient pas.

— Non, penses-tu. Ah, on voit bien que tu n'es plus d'ici, toi et que tu n'es plus occupé de savoir si on se fiche de toi, de Cessigney et de toute la paroisse. Quand je pense, des gens qui ne savent plus quoi inventer contre ceux qui ont de la religion. Mais non, je te dis ça, tu veux rien voir...

Le Frédéric fit entendre un grognement indigné et voulut parler. Le vieux allait :

— Si ça continue, ils finiront bien par mettre le curé à

la porte et par démolir l'église et on n'aura que ce qu'on mérite. Tout le monde les regarde faire sans rien dire, oui, tant ceux de Cantagrel que de Cessigney. Du temps que j'étais jeune, ça n'aurait pas été, mais maintenant, les jeunes, ils n'ont plus rien qui pend...

Le Frédéric était en colère, tout de même. Qu'est-ce qu'il croyait ce vieux? Est-ce que ceux de maintenant ne valaient pas ceux d'autrefois. Et puis, Brégard n'aimait pas bien que Milouin confondît dans la même réprobation les chrétiens de Cantagrel et les chrétiens de Cessigney. Ils avaient beau être de la même paroisse, il y avait de la différence.

— Qui c'est qui vous a dit qu'on a peur de se défendre. Causez pour vous. A Cessigney, c'est une autre affaire. Qu'est-ce que vous venez me raconter. On se défend pas, c'est qu'on ne sait pas ce qui est. En tout cas si le curé n'avait que vous pour le défendre, ça serait ben tôt fait. C'est sur nous autres qu'il compte. Et moi, tiens, rien que moi, eh ben Forgeral, tout Forgeral qu'il est, je le crains guère. Je n'ai qu'à le regarder, il fait.

— Ça se peut dit Milouin. Mais j'ai bien peur que l'enterrement s'en aille tout droit au cimetière pendant que Forgeral et sa bande te regarderont en rigolant.

— Mais non, je vous dis que ça n'ira pas comme ils veulent.

— Quoi, qu'est-ce que tu veux faire. Tu le sais, ce que tu veux faire?

Interdit, Brégard regarda Milouin qui fit un petit rire

sec. Ce qu'il allait faire, non, il ne savait pas. Ses intentions, il ne les avait pas dans la tête, mais dans ses poings crispés sur son chapeau noir. Lentement, il haussa les épaules et dit :

— C'est une chose à voir. Vous venez à Cessigney?

Ils se remirent à marcher. Brégard pensait à des fricassées de mécréants et attendait que Milouin suggérât quelque chose.

— Ça n'ira pas tout seul, dit le vieux; en admettant que vous donniez à réfléchir à Forgeral, il y a d'abord le curé.

— Vous l'avez vu?

— Personne à la cure. Je ne sais pas trop ce qu'il veut faire, le curé.

Une maladresse de Milouin. Déjà Brégard reprenait son sang-froid :

— Dites donc, le curé, il sait ce qu'il a à faire. Ce qu'il fera sera bien et je peux même vous dire une chose, le vieux, c'est que ça n'est pas vous, mais lui et rien que lui qui nous dira ce qu'on doit faire. Vous, c'est qu'on commence à vous connaître, vous savez.

— Mais non, tu ne comprends pas ce que je veux te dire, repartit le vieux avec vivacité. Ecoute-moi. Le curé, quand on viendra lui dire que ma fille s'est suicidée, que l'enquête des gendarmes en a fait la preuve, il croira tout simplement que c'est la vérité. Un curé, il se trompe comme un autre...

— Je ne dis pas, mais attendez voir, si les gendarmes disent qu'il y a eu suicide...

— Les gendarmes, t'es encore neuf. Mais les gendarmes diront ce que Forgeral voudra. Ils sont bien avec toute la bande, ils sont même rudement bien avec Coindet...

Il murmura comme en *a parte*, en détachant la phrase :

— Tu dois en savoir quelque chose.

Brégard s'arrêta, d'une main immobilisa Milouin.

— Qu'est-ce que vous voulez dire, le vieux?

— Je ne veux rien dire. Mais je sais ce que je sais. Et puis, tiens, ne parlons plus de tout ça, j'aime mieux.

Brégard était comme enragé. Il jurait par vingt-cinq milliards de Dieu à la fois et attachait sur Milouin un regard d'une dangereuse fixité. Le vieux n'était pas bien rassuré et disait que la forêt au printemps est un lieu très agréable.

— Laissez-moi tranquille avec votre forêt, dit le Frédéric. Il m'a dénoncé, Coindet. Je me rappelle des choses, maintenant, pardi. Coindet. Et il rôdait autour de ma sœur. Mais causez donc, le vieux. Dites ce qu'il faut faire. Je vous dis de causer.

Milouin avait, pour ainsi dire, gagné la partie. Ce qu'il fallait faire, c'était tout simple. Les fidèles de Cessigney et de Cantagrel, en signifiant leur opinion avec fermeté, devaient convaincre le curé que la justice s'égarait, qu'un enterrement religieux serait l'éclatante réparation de cette offense à la mémoire d'une vraie catholique. Il fallait que chacun eût le courage d'aller trouver le curé, lui expliquât l'affaire bien clairement, en dénonçant la manœuvre du parti Forgeral, et lui fît sentir qu'il pouvait compter sur le dévouement de ses paroissiens. Pour Forgeral, quelques paroles d'intimidation suffiraient à vaincre sa résistance.

Brégard était remonté à fond. Il irait voir le curé et il irait voir aussi Forgeral et sa bande; il dirait à tout le monde ce qu'il pensait de l'affaire et ce qu'il voulait, lui Brégard. Quant à Coindet, rien n'était perdu, on se reverrait un peu plus tard, quand le cadavre de l'Aurélie serait bien refroidi.

Ils arrivaient au hameau, quelques hectares de place nette taillée dans le vert de la forêt. Les constructions étaient de bois et de terre, quelques-unes de brique, sans écuries ni grangeage et comprenaient deux ou trois pièces avec un poulailler et une soue attenants.

Frédéric Brégard et Milouin, en arrivant à la lisière du bois, aperçurent à deux cents mètres un groupe laborieux. Une quinzaine d'hommes étaient occupés à rebâtir une maison incendiée quelques jours auparavant. Le Frédéric était content de voir ça. Il oubliait tout d'un coup la prison, l'Aurélie, Coindet, Forgeral et le curé.

— C'est la maison à Joubert qu'a dû brûler ces jours-ci, dit-il à Milouin.

Il rit. Il sortait de l'école avec son cartable sous le bras. Il cligna de l'œil du côté du vieux et avec une voix gênée de joie, jeta à huche paume :

— Ohé! les gars! Ohé...

Ceux de là-bas avaient levé la tête et hésitaient à le reconnaître.

— C'est moi, les gars, moi le Frédéric!

Et les gars se mirent à crier aussi :

— Le Frédéric, voilà le Frédéric!

Brégard faisait des gestes avec son chapeau, empêtré dans sa joie, et les hommes de Cessigney laissaient le chantier, accouraient vers lui à cœur brandi. Le Milouin avait l'air d'un nabot.

— Ils m'ont lâché hier, disait le Frédéric.

On lui serrait les mains, on le tâtait, on lui riait dans le cou.

— Nous qu'on t'attendait pour la semaine prochaine...

— Ils t'ont lâché, mon vieux Frédéric, il est là...

— On causait de toi tout le temps.

Louis Rambarde, l'habituel compagnon d'affût, le meilleur ami de Frédéric Brégard, contenait une violente émotion et répétait, la voix cassée :

— Je peux pas croire, je peux pas croire.

Au bruit d'amour, les femmes sortaient de leurs cuisines et les effusions recommençaient. Brégard n'en finissait pas d'embrasser. Tout Cessigney, collé en essaim ivre autour de lui, le poussait, le portait vers la maison où sa sœur et son père, sortis ce matin, habitaient seuls depuis qu'il était parti entre deux gendarmes, il y avait bientôt six mois. Personne ne s'avisait de la présence de Milouin qui accompagnait le cortège en serre-flanc, les mains drôlement vides. Comme on arrivait devant chez Frédéric, Rambarde dit :

— Je comprendrai jamais pourquoi que les gendarmes sont venus te chercher...

Brégard poussa la porte de sa maison et, jetant son

chapeau dans la cuisine sans s'accorder d'y poser les
yeux, déclara :

— Y aura des surprises.

Tous les regards l'interrogeaient. Frédéric reprit :

— A part ça, dites donc, il se passe des choses. Mais
c'est pas moi qui sors de prison qui va vous apprendre
ça. Le père Milouin aura mieux que moi. Causez voir, le
vieux.

Milouin s'était glissé à côté de Brégard; il était inti-
midé en face de ces gens qui le considéraient sans
bienveillance et il parlait avec un filet de voix qui portait à bout de bras. On l'entendait mal.

— Causez donc plus fort, le vieux, dit Brégard.

Milouin prit de l'aplomb, il donna son histoire comme
il l'avait contée au Frédéric, mais avec l'expérience de ce
qui n'était pas à dire. Frédéric approuvait, répétait après
lui certaines phrases avec des commentaires indignés.
L'auditoire, que cette affaire avait d'abord médiocrement
intéressé, commençait à s'émouvoir. Les paroles de Milouin, ce n'était pas grand-chose, mais du moment que le
Frédéric approuvait, c'était différent. Même si le Frédéric se trompait, il avait raison : un homme qui arrivait
de faire six mois avait plus que du prestige, il disposait
du cœur de Cessigney.

En un quart d'heure, Milouin se fut assuré des alliés
et, en quittant Cessigney, il eut le plaisir d'entendre des
hommes crier à leurs femmes :

— Prépare-moi une chemise propre pour cet après-
midi.

IV

Vers six heures du matin, Coindet s'était réveillé, un peu courbaturé d'avoir passé la nuit sur une chaise. Comme il avait gardé ses habits du dimanche, sa toilette était presque faite. Il n'avait plus qu'à se raser. D'abord, il fit, avec le rameau de buis, un grand signe de croix sur le corps de sa femme et fit chauffer le reste du café préparé la veille par la Cornette et la Louise.

Il semblait bien à Coindet qu'il eût déjà épuisé toute l'amertume d'être veuf. La vie continuait, mon Dieu, et le café, tout réchauffé qu'il fût, était agréable à boire. Pourtant son épouse était là, froide; c'était sa femme, son épouse devant Dieu, sa moitié toute fumante et lui, il se sentait au grand complet, pas plus énervé que s'il se fût préparé à partir pour le Champ Debout ou la Table-aux-Crevés. En y réfléchissant bien, il parvenait à localiser une petite émotion dans ses bronches et il s'avouait que c'était un peu de détresse égoïste — les repas de demain, les soins au bétail. Quand on n'est pas amoureux de sa femme, songeait-il, tout ce qu'on peut dire sur la sainteté du mariage et sur le foyer, c'est des histoires de curés, pas plus. Et il se réjouit d'être conseiller municipal républicain, formé par le mépris des institutions arriérées aux jugements fiers et indépendants. Cependant, à chaque fois qu'il passait devant la défunte, il n'oubliait pas de l'asperger d'eau bénite.

Le beau soleil qu'il faisait dehors. Coindet alla prendre l'air.

— Bon Dieu qu'il fait bon, dit-il en pissant sur le fumier.

Il avait envie de s'en aller au long des blés verts qui coulaient depuis le bout du clos jusqu'à la rivière, pour se délasser dans le matin frais. Mais on ne pouvait pas laisser l'Aurélie toute seule. Coindet prit le parti de rentrer, le regret au corps.

— C'est dommage, songea-t-il, qu'elle se soit pendue hier. Je pouvais pas avoir meilleur temps pour aller à la Table-aux-Crevés.

Avant de passer le seuil de la cuisine, il regarda encore les jeunes blés qui se poussaient vers le soleil. D'un vert apéritif, ils étaient. Coindet alla au placard, y prit une assiette de lard froid. Il mangeait de si bon appétit qu'il se reprocha de n'être pas plus affecté.

— Bien sûr qu'on ne peut pas tout le temps pleurer, se dit-il. Quand même, je suis un drôle de corps...

Il se rappelait le Noré Toubin qui avait perdu sa femme deux mois plus tôt.

— On l'entendait couiner depuis la croisade, pourtant

y a pas plus mauvaise bête que le Noré Toubin. La Joséphine était pleine de bleus. Faut cependant que j'aille donner aux bêtes...

Il retira sa veste et noua sur son ventre un tablier de l'Aurélie pour ne pas salir ses vêtements propres en préparant la lavure des cochons. Tandis qu'il soignait le bétail, il s'interrompait à chaque instant pour venir jeter un coup d'œil sur l'Aurélie.

— Je sais ben qu'elle veut pas se sauver, s'excusait-il à la jument. Mais c'est plus convenable qu'elle ait quelqu'un près d'elle. C'est pour s'il venait du monde, aussi. Je suis bien empêtré d'être là tout seul, on n'a pas idée. Tout ça pour le Milouin, à cause d'une idée qui y a passé par la tête, à c't'autre bec de puce.

Son travail terminé, il remit son veston et vint s'asseoir à côté de sa femme dans la chambre aux persiennes fermées. Une bougie allumée sur la table de nuit éclairait les mains de l'Aurélie et le mouchoir blanc qui avait fini par coller au visage, en dessinant les reliefs. Coindet trouvait que ce n'était pas agréable à regarder. Immobile sur sa chaise, il s'ennuyait dans l'attente qu'une personne de connaissance vint le relever de sa garde. Il semblait que tout le monde l'eût oublié, le temps coulait lentement, sans jalons.

Tout à coup, par la porte entrebâillée de la cuisine, un bourdon entra comme un été et voltigea dans la chambre avec un bruit d'aéroplane. Coindet en était émerveillé et le suivait du regard avec amitié. L'insecte, dans cette chambre sombre qu'il parcourait à grande volée, cherchait le printemps brusquement empoché, se rapprochait de la bougie en décrivant de grands orbes. Coindet s'avisa que cette bestiole était tout de même irrévérencieuse et se leva pour la chasser. Il lui ouvrit la porte toute grande et, avec son mouchoir, essaya de la mettre dans la direction, sans brusquerie. Mais le bourdon, aveugle, se cognait aux murs, rebondissait d'un coin de la chambre à l'autre coin sans trouver d'issue. « Il ne comprend pas », murmura Coindet qui engagea la poursuite en brandissant son mouchoir. Il n'y avait pas moyen de l'attraper, ce bourdon. On croyait le tenir dans un angle, il échappait. Coindet s'échauffait, courait à travers la chambre en bousculant les chaises et jurait entre ses dents. La poursuite l'occupait si bien qu'il n'entendit pas frapper à la porte d'entrée, pas plus qu'il n'entendit marcher dans la cuisine. Enfin, il poussa un grand cri de triomphe et abattit l'insecte qu'il écrasa du pied.

— Ah! la saloperie, ça y est quand même.

En se retournant, il vit, arrêté au seuil de la chambre et tenant à la main sa casquette, Capucet qui ouvrait des yeux effarés.

— J'ai fini par l'abattre quand même, expliqua Coindet. Un bourdon qui faisait du train que t'aurais dit un aéroplane.

Son visage était encore illuminé par la satisfaction de la victoire et Capucet considérait avec angoisse cet assassin au sourire impavide qui prenait des airs de plaisantin devant le corps de sa victime. Il eut un hochement de tête navré et glissa vers le lit de l'Aurélie pour asperger le corps d'eau bénite. Coindet, dont le visage avait repris la gravité convenable, s'était approché. Capucet, se retournant, fut nez à nez avec lui. Les idées ne se bousculaient jamais dans sa tête et il les avait sur la langue en même temps qu'elles lui venaient.

— Alors, t'l'as tuée, dit-il simplement.

Coindet le regardait avec curiosité.

— Mon pauvre petit, reprit Capucet, j'ai tiré au sort avec ton père. Tu devais pas faire ce que t'as fait. L'Aurélie était bonne fille, pas regardante. Tu devais pas.

Coindet le poussa dans la cuisine et dit en le secouant :

— Tu causes comme un qui serait tombé fou?

— C'est la Léontine à Milouin qui m'a dit que tu l'avais pendue.

Le gendre de la Léontine se laissa tomber sur une chaise, secoué de colère. Il cria :

— La sacrée carne de belle-mère. Elle raconte que je l'ai tuée, maintenant! Va me la chercher tout de suite que je lui torde la langue. Reste là. Grande girafe, mais si t'avais un rien de cervelle, tu l'aurais remise en place. Je l'ai tuée. Tu penses!

Alors, Capucet eut un petit rire affectueux.

— Je suis content que ça soit pas vrai. Ça m'étonnait de toi. Elle aura causé sans savoir.

Ses yeux étaient humides de tendresse. Coindet, rien

qu'à le voir, sentait fondre sa colère. Il prit le parti de sourire et mit la bouteille d'eau-de-vie sur la table. Capucet, voyant éclater l'innocence de Coindet, commença d'avoir des remords et s'accusa d'imprudence. Coindet consolait, la bouteille à la main, songeant avec inquiétude aux manœuvres des Milouin qui venaient de lui être révélées. Capucet le rassura :

— Je dirai à la Léontine que c'est pas vrai.

Il était dix heures lorsque les gendarmes arrivèrent. On les connaissait bien, c'étaient ceux du chef-lieu de canton. Le brigadier jeta un coup d'œil à la morte, par politesse, et accepta un coup d'eau-de-vie. Il parlait bien, ce brigadier.

— C'est malheureux, dit-il, d'être fatiguée de la vie dans la fleur de l'âge.

— Pour moi, dit Capucet, c'est le printemps qui y aura dérangé les idées.

Un brigadier de gendarmerie ne connaît pas le printemps. Les gendarmes eurent un demi-sourire que le brigadier corrigea d'une parole compatissante.

— C'est toujours ceux qui restent qui sont les plus à plaindre.

Coindet dit oui et, comme les gendarmes se disposaient à repartir, demanda :

— Vous n'allez pas à Blévans? je vous demanderais de prévenir mon frère, il préviendra les autres.

Les gendarmes promirent et remontèrent à cheval.

— Des belles bêtes, dit Capucet en tenant par la bride le cheval du brigadier.

Pour leur magnificence, il aimait les gendarmes qui sont les anges radieux du gouvernement et, en toute humilité, il se réjouissait d'être un peu leur collègue. Longtemps, il les regarda s'éloigner et, lorsqu'ils eurent disparu au tournant de la route, il dit à Coindet :

— C'est une vie plaisante tout de même et ça gagne gros. Moi je m'en vas passer chez Forgeral, mais si jamais t'avais besoin de quelque chose...

— Tu peux toujours informer Forgeral, il ne sait peut-être rien.

Un instant après le départ de Capucet, la Louise Truchot vint offrir ses services, s'excusant d'arriver aussi tard.

— J'ai appris seulement tout à l'heure que t'avais eu des brouilles avec tes beaux-parents. Si j'avais su, je serais restée la nuit et la Cornette aussi.

Elle mit de l'ordre dans la cuisine et dans la chambre mortuaire, puis elle reprit la garde au chevet du lit. Les visiteurs commençaient à arriver, des républicains pour la plupart et qui témoignaient leur sympathie douloureuse avec un acharnement qu'Urbain Coindet, gêné, trouvait hors de proportion avec son chagrin. Le conseil municipal était là presque au complet. Le père Boquillot, adjoint au maire, compatissait avec une idée de derrière la tête qu'il ne dissimula pas longtemps.

— Mon pauvre Urbain, on a de la peine pour toi, nous tous ici, surtout qu'en dehors et à part ça, on a la chose de dire qu'on est tout de même collègues au conseil. Ça fait. Alors, quand c'est l'enterrement?

— Je ne sais pas, dit Coindet. J'y ai pas encore pensé.

— Ecoute, on est vendredi. Il faut que ça se fasse dimanche, puisque c'est un enterrement civil. Ceux des pays à côté auraient le temps de venir, alors ça nous ferait du monde. Les réactionnaires enrageront.

L'effectif républicain du conseil appuyait avec fermeté et Coindet était ennuyé. Il trouvait injuste que l'Aurélie, dont la foi chrétienne n'était pas à suspecter, fît les frais d'une manifestation anticléricale. Il le dit franchement :

— Cet enterrement civil, ça m'embête gros. L'église, on en dit du mal entre gens avancés, mais si ça se pouvait, j'y ferais passer l'Aurélie. Pour vous dire que je ne tiens pas à faire du potin autour de cet enterrement civil. D'abord ça ne ferait guère plaisir à la défunte...

D'autres visiteurs apportaient leurs condoléances, mais c'étaient presque tous des amis politiques. De l'autre bord, il en vint à peine cinq ou six qui, hommage rendu à l'Aurélie, se contentèrent de saluer Coindet sans lui ouvrir la bouche.

Noël Legeai, de Cessigney, ne le regarda même pas. Pourtant, Legeai lui avait toujours témoigné de l'amitié, ils avaient chassé ensemble. Coindet fut si troublé par ce mépris qu'il vint à douter s'il n'était pas criminel un peu.

Vers midi, il était seul dans la chambre avec Truchot pendant que la Louise préparait le déjeuner, car Truchot avait arrêté qu'ils prendraient leurs repas ensemble chez Coindet en attendant que la vieille cousine de Coindet, Noëmi Coindet, vînt tenir le ménage du veuf. Le

Victor était allé à Blévans dans la matinée pour la décider.

Coindet se plaignait de l'attitude de Legeai et des autres. Il redoutait des catastrophes. Truchot le rassurait :

— Pourquoi que tu te tourmentes. C'est les racontars de Milouin, comme tu dis; et qu'est-ce que c'est que Milouin. Un homme pas propre, un vieux rogneux, menteur, et connu de tout Cantagrel. Il en aura trouvé deux trois pour l'écouter, deux trois qui l'enverront promener demain matin. Y a pas de raison que tu te fasses du souci. Laisse aller.

Coindet était réconforté. Le bon copain que c'était, Truchot. Il ne faisait pas de bruit, mais quelque chose arrivait à Coindet, il disait ce qu'il fallait dire, il faisait ce qu'il fallait faire.

La Louise, occupée à dresser le couvert dans la cuisine, annonça aux deux hommes que le père Brégard et sa fille entraient dans la cour. Coindet devint rouge et dit au Victor qu'il faisait chaud dans la chambre. Truchot comprenait, il savait tout. Attachant un regard sévère sur Coindet, il murmura : « T'es un idiot. » Pourtant, elle était belle la Jeanne Brégard.

Le père entra le premier. Il fit d'abord le signe de la croix sur l'Aurélie et, après avoir serré la main à Coindet, récita une prière à haute voix. La Jeanne s'était mise à genoux, le visage tourné vers le visage de la morte. Elle pria un long moment, tandis que son père causait à voix basse avec le Victor et Coindet.

— Je suis parti ce matin à Sergenaux avec ma Jeanne.

Mais comme on était de bonne heure, on n'a vu personne dans le pays. C'est tout de suite, en rentrant, qu'on vient d'apprendre par Capucet. Ça nous a fait un coup. Notre Frédéric en sera triste aussi quand il sortira de là-bas. On l'attend pour les premiers jours de la semaine prochaine.

Heureusement que le Victor était là pour répondre et alimenter la conversation. Coindet n'entendait pas ce qui se disait. Par-dessus l'épaule du père Brégard, il voyait le profil de la Jeanne, plein, net, doré par la lumière de la bougie, la ligne du dos un peu arrondie par la prière, tirant l'étoffe du corsage collée sur la peau. Une silhouette de santé calme. Jeanne Brégard avait un beau visage franc, celui du Frédéric, mais plus doux, des cheveux très blonds, un grand corps solide où tout était bien placé. La Jeanne avait le cœur doux comme du pain frais. Ses mains, dures et calleuses, qui savaient manier la hache du bûcheron, aimaient donner. A l'école, quand elle était enfant, la maîtresse disait qu'elle apprenait bien. En tout cas, elle lisait facilement dans son livre de messe. Au dire du père Brégard, elle savait autant de prières qu'un abbé.

La Jeanne aimait le Père, le Fils et le Saint-Esprit. Et la Sainte Vierge, mère bien arrangeante, familière et pas du tout orgueilleuse de la réussite de son Fils. La Jeanne aimait les bois denses où la prière n'a pas à se gêner, les étangs étamés où hantent certaines divinités qu'à vrai dire ignore le curé, le ciel qui est une crinoline de Notre-Dame.

Elle aimait Coindet aussi. Elle ne s'en cachait pas à la Sainte Vierge, la priait au contraire d'aider son amour, la harcelait à chaque instant, si bien qu'elle avait fini par être entendue. La Jeanne n'avait presque pas d'hypocrisie. Tout à l'heure, en apprenant que l'Aurélie s'était pendue, elle avait trouvé que la Sainte Vierge faisait bien les choses.

De son amour, elle n'avait jamais parlé à son père ou à son frère, encore moins aux étrangers. Quand Louis Rambarde l'avait demandée en mariage, elle avait dit non, et qu'elle n'avait point de goût au mariage. Rambarde avait eu une grande déception, le Frédéric avait failli entrer en colère. Mais l'usage s'était perdu de violer les filles, et Rambarde entra en mélancolie sans cesser de manger. La décision de la Jeanne fut donc accueillie sans incident. Le père Brégard, trop heureux de garder sa fille chez lui, n'était pas homme à la pousser contre son inclination. A Cessigney, on approuva la Jeanne, on plaignit Rambarde.

Coindet savait qu'il était aimé de la Jeanne. Depuis le dernier 14 Juillet où ils s'étaient trouvés seuls derrière la haie à Truchot, pendant que toute la commune se saoulait du feu d'artifice. Coindet lui avait pris les bras, pas bien rassuré qu'il était, et la Jeanne avait collé sa joue sur la sienne. Il l'avait serrée plus fort. La Jeanne s'était dégagée en disant :

— Pas ça. C'est pas que je ne voudrais pas, mais c'est mieux d'attendre. Tout s'arrange.

Tout s'arrangeait. Coindet, depuis qu'il avait trouvé sa

femme pendue au crochet de la suspension, écartait péniblement certaines obsessions. Et maintenant qu'il regardait la Jeanne, il songeait, sans aller jusqu'à faire des projets, que la mort de l'Aurélie avait du sens. La Jeanne était une belle fille et il n'avait rien fait pour être veuf.

Truchot, qui voulait faire un hangar derrière sa chambre à four, demandait au père Brégard s'il pouvait lui fournir des poutrelles de deux à deux mètres cinquante. Du chêne vert, ça lui était égal.

— C'est facile, seulement faudrait que tu viennes les chercher, disait le père Brégard.

Ils passèrent dans la cuisine pour parler plus commodément. La Jeanne avait fini de prier. A travers le mouchoir, elle baisa au front la femme de Coindet.

— C'était une gentille femme, murmura-t-elle.

Il eut un hochement de tête qui pouvait être une approbation. Il n'avait jamais dit que l'Aurélie fût une méchante femme, il n'avait jamais souffert de sa présence non plus. Mais, dans cet instant où il regardait la Jeanne dans les yeux, la touchait, la respirait, Coindet sentit qu'il lui avait tout de même manqué bien des choses.

Dans la chambre obscure, un rayon de soleil presque vertical tombait par une fente du volet plein au pied de la fenêtre. Coindet se pencha sur la Jeanne jusqu'à toucher ses cheveux blonds avec sa bouche. Il dit à voix très basse :

— Il fait un beau temps, dehors, un beau temps.

La Jeanne tourna la tête pour le regarder, ils furent presque bouche à bouche.

— C'est vrai, dit-elle, on se croirait aussi bien en juillet.

Coindet, les bras pendants au long du corps, se sentit devenir écarlate. Il tourna le dos à l'Aurélie. La Jeanne ne bougeait pas, la tête un peu renversée. Coindet comprenait bien que sa femme n'était pas morte tout à fait, il était comme engourdi. Alors il recula jusqu'au lit, posa la main par hasard dans l'assiette d'eau bénite et fit une grande aspersion au cadavre en geignant.

— Ah, Bon Dieu, on n'a jamais les mains où on voudrait.

La Jeanne l'avait suivi, elle lui passa ses deux bras autour du cou et lui prit la bouche. Truchot arriva dans le moment. Les voyant embrassés, il leur jeta un regard indigné et arracha brutalement la Jeanne. Il se tourna vers Coindet.

— Ah non, quand même. Je suis pas sur la morale, mais quand même. C'est une vraie dégoûtation de voir ça, espèce d'idiot...

Il avait du mal à ne pas éclater à voix haute. Il dit encore à la Jeanne :

— Tu perds point de temps, petite garce. Tu ferais mieux d'apprendre à traire une vache; une fille qu'est seulement pas foutue de sarcler des betteraves, je suis sûr...

Il quitta la chambre, furieux. La Jeanne et Coindet l'entendirent causer dans la cuisine.

— Je vas chercher notre Hilaire, disait-il à la Louise. Il est sorti de classe à l'heure qu'il est. Il doit bien se demander pourquoi c'est fermé chez nous.

— C'est l'heure qu'on rentre à Cessigney aussi, dit le père Brégard. On arrivera passé midi et demi. Jeanne! on s'en va.

La fille de Brégard vint s'agenouiller au chevet du lit, récita une courte prière et, des yeux, fit au revoir à Coindet. Les mains arrondies de souvenirs, il la regardait s'en aller en faisant des signes de croix jusqu'à la porte de la cuisine.

Lorsque le Victor revint avec son garçon, il avait un visage bouleversé qui alarma sa femme. Comme elle interrogeait, il éclata :

— Les saletés de saletés, qu'est-ce qu'ils ont dans le corps, je me demande.

Coindet regarda son ami avec inquiétude. Comprenant que la colère du Victor avait changé d'objet, il dit, soulagé :

— Tu veux parler de mes beaux-parents, au moins...

— Ah oui, des jolis museaux, un joli sagouin le vieux. Si tu savais ce qu'ils racontent sur toi dans le pays, j'aime autant pas te le dire, je veux pas te le dire. Mon pauvre Urbain.

— Ils disent que j'ai tué ma femme. On les croit?

— Bien sûr que non. Est-ce qu'on peut les croire! N'empêche qu'y a des individus comme le Guste Aubinel et toute sa clique qui veulent profiter de ces histoires-là.

— Pour quoi faire?

— Pour quoi faire? justement je te parlais du Guste Aubinel. Je l'ai entendu dire tout à l'heure que l'enterrement devait se faire à l'église. A l'église.

— Eh ben quoi, à l'église, dit Coindet. Je ne demande pas mieux, moi.

— Mais non, qu'est-ce que tu causes, s'emporta le Victor. Tu raisonnes comme notre Hilaire. Si ça se fait à l'église, autant dire que l'Aurélie ne s'est pas suicidée. C'est dire qu'on l'a tuée.

La Louise approuva son homme, Hilaire approuva son père, ce qui lui attira une gifle maternelle; ces choses-là ne regardaient pas un garçon de cinq ans.

— Bien sûr que non que ça ne doit pas être, reprit Truchot. Mais réponds donc. Tu restes là sans rien dire, sans rien faire, toi Urbain. On dirait que ça t'intéresse pas, les manigances de Milouin.

Coindet eut un geste évasif et répliqua posément :

— Les Milouin je les ai où tu penses. Pour le reste, c'est de la politique.

V

Il y avait les calotins et les républicains. La gamme
des nuances politiques était à peu près inconnue à Cantagrel. Forgeral, affilié au parti radical-socialiste, était
le seul qui pût répertorier précisément sa foi républi-
caine. Les personnalités des partis extrémistes, dont les
journaux relataient parfois les manifestations, apparais-
saient aux administrés de Forgeral comme des agités
qui gâtaient le jeu de la politique par des accrocs aux
règles couramment acceptées. La chute ou l'avènement
d'un ministère ne troublait personne. C'était loin. Que
celui-ci ou celui-là fût président du conseil, on n'en
obtenait aucun avantage au comptant. Le député et le
sénateur étaient les divinités plus immédiates.

A Cantagrel, les gens avancés étaient tout simplement
républicains. Ils entendaient ne pas revoir les seigneurs
féodaux qui pendaient le monde pour le plaisir de lui
voir tirer la langue et ils aimaient la République qui
n'est pas fière, à preuve le député.

Les calotins avaient conservé le nom que les premiers

républicains, sous l'Empire, donnaient à la grande majorité de Cantagrel attentive aux conseils du curé payé par l'empereur. Ils reprochaient à la République d'être anticléricale, mais sans véhémence. Ils lui en voulaient surtout d'être soutenue par le parti opposé. Les calotins étaient républicains sans l'avouer. Comme tout le monde, ils pensaient que deux hommes tout nus sont égaux.

Certains électeurs, dont les convictions avaient peu d'assiette, ou diversement sollicités par leurs intérêts, passaient et repassaient d'un parti à l'autre. C'était une faible minorité qu'on ne pouvait qualifier d'indépendante. Elle comptait une dizaine d'unités, entre autres Noré Toubin, un citoyen dévoré d'ambition qui ne savait jamais de quel côté brailler pour entrer au conseil municipal; les autres votaient rouge ou blanc parce que la vache d'un tel leur avait brouté un coin de pré, ou en jalousie du voisin qui venait d'acheter une bicyclette neuve avec double frein et changement de vitesse.

Le cas de Cherquenois et du Carabinier était particulier. Les jours d'élection, Cherquenois et le Carabinier étaient séquestrés depuis le grand matin chez un électeur aisé, saoulés et conduits sous escorte à la maison commune. Loyalement, ils votaient pour le vin qu'ils avaient bu.

Cette minorité mise à part, on pouvait à la veille d'une élection faire le pointage exact des consciences politiques. Il n'y avait pas de surprises. Les passions politiques, quoique très susceptibles, étaient stabilisées en leur somme, la ferveur n'ajoutait pas aux nombres. La guerre avait diminué le nombre des électeurs sans beaucoup modifier la proportion de calotins et de républicains. Politiquement, il n'y avait eu de changé que la signification du drapeau tricolore, autrefois plein de promesses révolutionnaires, depuis la guerre bien déprécié aux yeux des républicains. Maintenant, c'étaient les calotins qui l'arboraient à tout bout de champ. Mais, comme disait Forgeral, ce n'était pas ça qui leur donnerait l'écharpe.

Les calotins craignaient Dieu, les républicains s'en méfiaient seulement, pour ne rien dire de deux ou trois exaltés, dans le genre du Julien Souvillon soucieux de la tradition révolutionnaire jusqu'à faire ses besoins en cachette dans le milieu de l'église.

Les républicains entendaient rarement la messe, jamais n'allaient à confesse. Ils prenaient un minimum de précautions en se faisant baptiser, marier et enterrer par le curé.

Le hameau de Cessigney, qui faisait partie de la même commune et de la même paroisse que Cantagrel était étranger aux conceptions de la politique pure. Il suffisait à ces bûcherons qu'il y eût un gouvernement. Ils croyaient qu'il y avait un gouvernement comme il y a des rivières, des montagnes. La moitié des hommes étaient interdits de leurs droits civils pour condamnations. L'autre moitié, par solidarité, s'abstenait de voter. Très dévots, les gens de Cessigney n'étaient pas considérés comme des calotins. Pourtant, les républicains ne les réclamaient pas pour des soutiens de la démocratie.

Lorsque les libertés paroissiales leur paraissaient menacées, les hommes du hameau avaient une manière souvent décisive d'intervenir presque toujours brutale. On voyait bien, disait Forgeral avec un dédain rageur, qu'ils n'avaient pas l'habitude de la politique. Habituellement, dans le cas de conflit, chacun des conseillers municipaux faisait la rencontre d'un homme du hameau qui lui disait tranquillement :

— Je ne veux pas qu'on prenne sur le jardin de la cure pour agrandir le cimetière.

Le conseil municipal semblait-il vouloir passer outre, il y avait, dans les quelques jours suivants, deux ou trois génisses républicaines abattues à coups de fusil.

Il était assez rare que les calotins eussent recours à ceux du hameau pour régler un différend de ce genre. Les paroissiens de Cessigney étaient malgré tout des étrangers et puis, il ne fallait pas leur donner trop d'importance, ils auraient fini par réclamer le prix de la poudre. Sans compter qu'il était humiliant, vis-à-vis des républicains, d'être secourus par ces bûcherons hors la loi. Le curé réprouvait d'ailleurs les arguments de Cessigney; les doléances des républicains étaient très écoutées à l'évêché et il en résultait presque toujours un blâme ou un déplacement pour lui. Aussi, jusqu'à l'arrivée de l'abbé Richard, tous les prêtres qui s'étaient succédé à Cantagrel avaient-ils redouté leurs ouailles de la forêt. Le dernier qui était parti, abandonnant un potager sur le fruit, devait son déplacement à l'initiative du hameau dans une affaire de croix communale à laquelle il était resté complètement étranger.

C'est alors que la paroisse avait reçu un prêtre de vingt-cinq ans, l'abbé Richard. Un drôle de curé, on n'en avait pas encore eu comme celui-là. En le voyant arriver, fluet dans sa soutane, un torse de fillette et un teint de betterave, les paroissiens avaient souri.

— Il n'a pas l'air fort, disait-on, c'est un cureton.

Et tout le monde se réjouissait de le martyriser. Un cureton comme celui-là, il en passerait par où on voudrait, on le ferait tourner en bourrique. Il avait eu bientôt fait de les remettre en place. Au premier sermon qu'il avait prononcé, les gens avaient presque eu peur, même les républicains venus à la messe par curiosité.

Il avait commencé en disant qu'il n'avait pas été appelé à la paroisse de Cantagrel pour y distribuer à l'aveuglette des tickets de rédemption ou présider à l'ordonnance d'un spectacle hebdomadaire suivi d'ouïe et d'yeux. Non, il était venu installer Jésus dans les cœurs, avec effraction s'il le fallait. Il voulait faire des catholiques. Car, dans cette église aux trois quarts pleine, combien y avait-il de vrais catholiques? combien croyaient l'être pour quelques formules balbutiées des lèvres et qui sont de simples poteaux indicateurs sur le chemin de l'amour réservé. Savaient-ils que la religion catholique, celle qui consent à la sainteté, est autre chose que ce laxatif périodique des cœurs charognards, ce bric-à-brac des rachats à bon compte, cette grammaire des impératifs catégoriques ou cette verroterie terne qui décompose la flamme ardente en bougies de quatre sous qu'on allume à la guérison d'un rhumatisme.

Désormais, les fidèles viendraient avec leur cœur sous le bras, et ils prendraient l'habitude de le garder sous le bras, même ailleurs qu'à l'église. Des cœurs, il ne voulait voir que des cœurs; dans les cuisines, le fricot cuirait à la flamme des cœurs, et dans les champs et dans les bois rouleraient les cœurs tout sonnants de Jésus. Ceux qui venaient à l'église pour prêter à Dieu à la petite semaine, il saurait les montrer au doigt.

Sa voix fouillait dans le troupeau des fidèles, âpre comme une rage de Dieu. Son bras tendu semblait désigner des coupables au bûcher et, lorsqu'il parlait de charité, ses mains jetaient du lest. En l'écoutant, quelques hommes de Cantagrel étaient presque gênés de sentir une montre en or dans leur poche.

L'abbé Richard habitait seul à la cure, faisait lui-même ses repas, balayait son logis, lavait son linge. Il abandonnait à Dieu le soin du potager bien ratissé par son prédécesseur et une herbe mauvaise envahissait le jardin. Rarement trouvait-on le curé à son logis. Tout le temps qu'il ne donnait pas aux offices, il était courant dans la paroisse, frappait aux portes, exhortait les hommes dans les champs.

Les républicains écoutaient leur curé avec politesse, mais n'étaient pas empressés à lui ouvrir leurs cœurs. Forgeral lui disait parfois avec une ironie affectueuse:

— Monsieur le curé, quand un fond de culotte est usé, y a plus qu'à y mettre une pièce d'une autre étoffe. Vot' respect, faut un paradis avec une porte cochère pour ceux qu'ont du ventre.

— Taisez-vous donc, repartait le curé, je vous ramènerai tous, vous comme les autres.

— Oh, moi, vous savez, une fois qu'ils m'auront donné les palmes académiques...

Les catholiques pratiquants de Cantagrel n'aimaient pas beaucoup leur curé, à leur gré trop ardent. Ils ne se sentaient plus chez eux dans l'église de Cantagrel où chaque prêche déculottait quelques consciences avec une précision gênante. A Cessigney, on l'aimait.

Quoiqu'il n'eût pas fait progresser Dieu dans les cœurs, l'abbé Richard avait acquis dans toute la commune un prestige que ses prédécesseurs ne connaissaient plus depuis longtemps et il espérait des moissons.

Le curé n'avait appris la mort de l'Aurélie que le lendemain vers une heure après-midi, en rentrant de Blévans où il était parti de bonne heure. Avant de déjeuner, il s'était rendu en hâte chez Coindet. Coindet venait de sortir avec le Victor. Dans la cuisine, la Louise était occupée de laver la vaisselle, tandis que la grande Clotilde à Rivard, mandatée en secret par les Milouin pour épier les allées et dires chez Coindet, veillait la morte.

Le curé était à peine entré que la grande Clotilde le tirait dans la chambre pour lui raconter l'histoire telle que Milouin l'avait déjà répandue dans le pays. Mais le curé l'écarta avec fermeté et vint s'agenouiller auprès du lit où il se mit en prières. Cela donnait le temps à la Louise de laver ses mains et de se mettre dans une tenue décente pour tenir tête à la grande Clotilde qui attendait, à genoux dans un coin de la chambre, de prendre possession du curé. La Louise entra sans bruit et s'agenouilla près de la porte. Plus souvent qu'elle laisserait l'autre entortiller le monde avec ses mensonges. Derrière la soutane fervente, elles se défiaient du regard. Lorsque le curé se leva, elles coururent l'encadrer.

— Monsieur le curé, chuchotèrent en même temps les deux femmes.

— On ne vous a pas raconté, dit la grande Clotilde.

— Faites attention à ce qu'on vous dit, monsieur le curé, articula la Louise.

Elle avait parlé presque à haute voix, pour couvrir le chuchotement de l'autre. Alors il n'y eut plus de curé. Il disparut derrière les deux femmes qui se chamaillaient, coude à coude.

— C'est bien toi, qui peux te mêler de faire connaître la vérité, dit la grande Clotilde.

— Pourquoi que ça serait pas moi, le Victor était là quand Coindet a trouvé sa femme, ils l'ont décrochée ensemble.

— Ah oui, le Victor, tu peux peut-être en causer du Victor. Tout ce qu'il raconte, c'est pareil que d'écouter Coindet.

— Mon homme va pas à la messe, fit la Louise, mais il est pas comme y en a qui communient à chaque dimanche et que leur grand-père a fait de la prison pour avoir volé. Je sais ce que je veux dire, je me comprends.

Le curé voulut se faire entendre, mais la grande Clotilde perdait la tête. Elle criait :

— Mon homme a peut-être eu un grand-père en prison, mais y a jamais eu de traînée dans sa famille. Au lieu que ta sœur, hein? le garçon qu'elle a eu pendant la guerre, c'est toujours pas son homme qui y a fait depuis Salonique. Ce pauvre Cugne, s'il avait vu tous les Canadiens qu'ont passé chez lui...

Le curé remontrait que ce n'était pas convenable de s'invectiver devant l'Aurélie. Mais c'était le tour de la Louise, elle n'allait pas le laisser passer.

— Ne cause pas de traînées, dit-elle, n'en cause pas, ou alors dis voir ce que tu faisais l'autre jeudi avec Noré Toubin à l'entrée du bois de l'Etang, qu'on voyait tes cuisses depuis Sergenaux, oui, monsieur le curé, depuis Sergenaux!

— Elles sont toujours plus belles à regarder que les tiennes, salope...

C'était bien possible, car la Louise était un peu osseuse. En tout cas, la dispute prenait un mauvais tournant, maintenant les femmes se soufflaient dans le nez et les gifles ne pouvaient plus tarder beaucoup. Suant d'indignation, le curé prit sa voix des dimanches et tonna comme il faisait parfois au sermon :

— Sacrilèges! taisez-vous tout de suite! Sacrilèges! la morte s'est dressée sur sa couche pour maudire le scandale!

C'était une figure, l'Aurélie ne bougeait pas.

Mais les deux femmes, intimidées tout d'un coup, comprirent que la violence de leurs propos n'était pas opportune. La fureur mollit, les gifles se résorbèrent.

Alors il les prit par la main, les fit s'agenouiller au pied du lit et leur infligea un certain nombre de *Pater* et d'*Ave*. Il les laissa, presque réconciliées, pour rentrer à la cure. Quelques pas sur la route, il croisa Guste Aubinel conduisant un attelage de bœufs. Un homme sec, qui dépensait tout son argent à acheter de la rente sur l'Etat, assez semblable à Milouin dont il avait l'âge, mais avec une demi-tête de plus. Il salua l'abbé Richard et fit arrêter ses bœufs.

— Vous venez bien sûr de chez Coindet, monsieur le curé.

— Oui, justement.

— C'est bien triste, tout ça, monsieur le curé.

L'abbé Richard soupira en haussant ses minces épaules.

— Bien triste, oui. Mais les vivants sont encore plus attristants que les morts, allez.

Guste Aubinel déplaça un peu sa casquette qu'il portait sur l'oreille droite. Il ne parlait pas sans réfléchir.

— Comme vous dites, monsieur le curé, surtout des vivants comme y en a. Une femme qu'avait tant de mérite, une catholique entre les bonnes, on se demande pourquoi qu'ils ont ben pu la tuer.

— La tuer? qu'est-ce que vous dites là.

— Oh, je dis ce que tout le monde sait, ce que tout le monde dit. Maintenant, n'est-ce pas...

— Voilà une chose qu'on ne m'a pas dite. Pourtant c'est M. Forgeral qui m'a annoncé la nouvelle. Il paraissait renseigné.

— Je ne dis pas, monsieur le curé, mais vous savez ce

que c'est. Le maire, c'est le maire. Il ne voit qu'une chose, c'est que si c'est un suicide comme y en a qui voudraient le dire, ça fera un enterrement civil... A revoir, monsieur le curé.

Guste Aubinel, de son aiguillon toucha le joug de ses bêtes, laissant le curé tout pensif avec une question sur la langue. Question qu'il eut tous loisirs de poser sur le chemin de la cure. Ce jour-là, il semblait que les fidèles n'eussent rien à faire d'autre que regarder les passants depuis le pas de leur porte. Le curé fut arrêté par une dizaine de personnes, des hommes pour la plupart, qui lui tenaient à peu près les mêmes propos que Guste Aubinel. Mais lorsque l'abbé Richard interrogeait comment on avait été amené à flairer un meurtre, tous gardaient un silence prudent, changeaient de sujet ou éludaient la question en prenant congé. Il fallut que le curé rencontrât Milouin pour asseoir son opinion. Pendant toute la matinée, Milouin avait marché de succès en succès; Cessigney acquis d'un seul coup, une douzaine de consciences gagnées à Cantagrel, à ne considérer naturellement que le masculin, et une dizaine d'hésitants qui finiraient par se rendre, car tout n'était pas dit.

C'était justement ces succès qui allaient perdre Milouin. Le vieux, à force de compter ses partisans, ne pensait plus qu'en chiffres, le curé lui parut une simple unité qu'il allait enlever comme un Aubinel. Il dit sans autre préambule :

— Monsieur le curé, il s'agit de s'entendre si on ne veut pas laisser ceux à Forgeral prendre la direction.

Le curé connaissait son Milouin, s'en méfiait. Il répondit, sec :

— Je n'ai pas à m'entendre contre M. Forgeral et ses amis. Je ne vous comprends pas.

— Mais vous ne savez pas, monsieur le curé, qu'ils veulent l'enterrer civilement!

— M. Coindet sera dans son droit. Je puis seulement décider si l'église accepte le service religieux. Encore faut-il que je comprenne quelque chose à cette histoire.

Le curé écoutait ses propres paroles avec étonnement. Elles sonnaient faux, lui semblait-il. Juger à tête froide n'était pas bien son affaire, mais entraîner; et, sans avoir démêlé de cette histoire, l'abbé sentait son cœur déjà passionné contre quelque chose. Milouin jugea qu'il était en bonne position: Coindet, Forgeral et les républicains n'oseraient pas décider un enterrement civil contre le vœu d'une partie de Cantagrel et, surtout, de Cessigney. Il ne fallait que convaincre le curé. Milouin tira son mouchoir. Renifleux et sanglotant, il obligea le curé à reconnaître que sa fille avait été un modèle de piété et il en tira toutes les conclusions qu'il avait développées une vingtaine de fois dans la matinée. Le désespoir d'un père plaidant pour le paradis de sa fille ne pouvait manquer d'émouvoir le curé, d'autant que les larmes du vieux ne manquaient pas de sincérité. Il avait un chagrin réel de la mort de l'Aurélie, avivé par la déception d'avoir manqué le placement d'une de ses survivantes.

— Dire que mon Aurélie s'est suicidée, monsieur le

curé, c'est comme si on me racontait que vous avez fait un mauvais coup. Et quand je pense que c'est pour des questions de politique qu'ils racontent une chose comme ça, la tête m'en va.

L'abbé n'en était plus à tâter la vérité. De toute sa pitié surprise, il vouait l'Aurélie à la part de ciel qui devait récompenser son existence probe et pieuse. En vérité, il ne négligerait rien pour qu'elle fût en paradis, le père pouvait être tranquille, il lui en donnait l'assurance. Le visage enfoui dans son mouchoir, Milouin suffoqua de reconnaissance et étreignit la main du curé.

— Ah, vous me consolez, monsieur le curé, j'en aurais perdu la raison.

Le vieux fit encore quelques pas avec le curé et se disposait à le quitter lorsqu'ils furent rejoints par un homme à grandes enjambées. C'était Capucet. Sans savoir où il allait, Capucet était très pressé. Pourtant il s'arrêta parce qu'il était poli avec le monde. Il vit le mouchoir de Milouin, le visage encore bouleversé du curé. Capucet en fut tout triste.

— C'est malheureux, dit-il à Milouin.

Le vieux eut un hochement de tête douloureux. Capucet ajouta sans intention malicieuse, simplement pour dire quelque chose de juste :

— Ce matin, ta femme me disait que c'était Coindet qu'avait pendu l'Aurélie. C'est pas vrai, j'ai été voir. C'est triste qu'elle se soit suicidée, mais ça vaut mieux que de dire qu'y a un assassin au pays.

Il n'eût servi à rien d'envoyer un coup de pied dans le

74

ventre à Capucet. Milouin le pensa, mais l'abbé surprit sur son visage une expression de férocité discrète qui éclairait singulièrement les révélations candides de Capucet. Milouin sentit que le curé allait lui échapper et, tournant le dos à Capucet, voulut essayer de le maintenir dans sa première conviction. Mais l'abbé Richard prit congé et se hâta vers la cure, furieux contre lui-même, s'accusant de s'être laissé tenter par des apparences.

En arrivant chez lui, il eut le spectacle insolite d'une réunion agitée dans la cour de la cure. Des hommes de Cessigney, ils étaient bien une vingtaine, en faux cols et habits du dimanche, attendaient leur curé en commentant les exhortations de Frédéric Brégard qui paraissait très excité. A l'arrivée du curé, il se fit un grand silence; Frédéric se détacha du groupe attentif et ôta son chapeau.

— Monsieur le curé, dit-il, j'arrive de prison ce matin et comme bien entendu je voulais venir vous voir dans la journée...

— Je suis bien heureux que cette pensée-là vous soit venue, Brégard, et vos amis sont gentils de vous avoir accompagné.

— C'est-à-dire qu'ils m'ont accompagné, oui, ils m'ont accompagné. Seulement ils avaient quelque chose à vous dire, voilà...

Brégard s'interrompit pour recueillir les regards approbateurs de ses compagnons. Il reprit :

— C'est quelque chose à propos de l'Aurélie à Coindet.

Le curé eut un geste de protestation.

— Je ne veux pas savoir ce que vous avez à me dire, je ne veux pas...

Mais Frédéric le poussait vers les paroissiens.

— Monsieur le curé, il faut que vous nous entendiez. Si, si. On a dû vous raconter des tas de choses, que la défunte avait perdu la tête et je ne sais pas quoi. Des contes, monsieur le curé. Moi je vais vous dire la chose comme elle est : l'Aurélie a été assassinée. Est-ce que c'est vrai, vous autres ?

— C'est vrai, dirent les autres avec un ensemble réussi.

Au milieu de toutes ces épaules larges, le curé se démenait furieusement, luttant de toutes ses forces contre l'imprudence d'une conviction qui le sollicitait malgré lui. De la part de ces hommes que les petites passions politiques ne menaient pas, une telle assurance impressionnait.

— Comment osez-vous avancer une chose pareille. Malheureux qui faites œuvre de juge, sachez qu'un juge téméraire pèche davantage que le criminel qu'il a montré au doigt. Il dispose devant Dieu seul et il n'est vivant pour lui remettre son crime. Ceux qui auront vu s'accomplir un crime dénonceront le coupable, mais qu'ils craignent le témoignage de leurs yeux. Vous autres du bois, quelle folie vous mène ou quelle mauvaise pensée ?

Ceux de Cessigney, troublés par les menaces de leur curé, commençaient à baisser la tête. Brégard lui-même se sentait moins d'assurance. Songeant à Coindet qui l'avait trahi, il se ressaisit.

— Monsieur le curé, que je vous dise, nous autres on s'en fout. Si on est venu vous dire ce qu'on pensait, c'est bien pour vous rendre service, parce que vous ne savez probablement pas comment les choses se passent. Vous devez savoir que si vous avez des bons catholiques, des amis, c'est dans les bois de chez nous. Avec ça, que l'un ou l'autre soit maire, qu'est-ce que ça nous fait. Pas vrai?

Tout le monde opinait, même le curé.

— Alors si on vous dit ça, c'est pas pour embêter les républicains, vous le savez bien. Seulement ça nous fait deuil de penser qu'une chrétienne va s'en aller comme un chien crevé parce qu'on aura eu peur de la vérité. Et vous monsieur le curé, je suis sûr que vous n'en dormiriez plus de laisser faire une chose pareille...

— Mais enfin, Brégard, dites pourquoi vous croyez à un coupable.

— Le coupable, on le connaît. Hein, qu'on le connaît, vous autres?

Frédéric regardait ses compagnons avec autorité, comme un maître d'école les élèves qu'il interroge en présence de l'inspecteur. D'une voix morne, ils affirmèrent :

— C'est vrai, on le connaît.

Le curé ne se défendait plus, accablé par cette somme de témoignages. Les yeux par terre, il demanda machinalement :

— Qui est-ce?

Frédéric Brégard, le visage dur de haine, les yeux chauds, jetait à voix claquante :

— Qui c'est? C'est Coindet!

Les autres n'osaient pas répéter le nom et baissaient la tête. L'un d'eux ôta son chapeau. Il y eut des signes de croix. Dans le silence lourd, le curé priait pour Coindet. Brusquement, toutes les têtes se relevèrent à l'appel d'une voix de femme, bien timbrée.

— Frédéric, t'es un menteur!

Tout le monde, avec des yeux ronds, regardait la Jeanne Brégard qui refermait la petite porte de la cour accédant au cimetière. Elle vint droit à son frère et répéta :

— Un menteur, tu es. Vous autres, des menteurs. J'ai tout entendu, tout.

Le Frédéric, très pâle, s'avançait vers elle.

— Je t'avais dit de rester à la maison, murmura-t-il. Elle éclata de rire.

— Que je reste à la maison, pour te laisser raconter tes mensonges, bien tranquille. Ah, heureusement que je n'ai pas voulu t'écouter, menteur.

Brégard lui tordit le poignet :

— Vas-tu te taire, garce.

Elle se dégagea, d'une secousse violente et alla au curé.

— Monsieur le curé, ce qu'il vous raconte, ça n'est pas vrai. Coindet n'a pas tué sa femme, je vous le jure. C'est le Frédéric qui voudrait le faire croire parce qu'il en veut à Coindet pour des histoires de contrebande.

Il me l'a dit tout à l'heure. Hein, dis-le donc que tu ne l'as pas dit?

Ceux de Cessigney murmuraient entre eux et commençaient à regarder le Frédéric de travers. Lui ne s'en apercevait même pas, enragé par l'affront que sa sœur venait de lui faire subir. Il grinça :

— Tais-toi, ou je te vas claquer devant le monde.

Mais la Jeanne avait déjà mis le monde de son côté. Les hommes, prêts à la défendre, venaient se placer devant elle. Le curé les écarta et, poussant la Jeanne vers son frère, dit au Frédéric :

— Je vous la confie, vous m'entendez. Merci, Jeanne Brégard, et maintenant allez-vous-en, tous...

— Monsieur le curé, dit la Jeanne, y en a point comme vous.

Demeuré seul au milieu de la cour et regardant la Jeanne s'éloigner au milieu des hommes, l'abbé Richard eut un soupir douloureux.

— Je ne suis qu'un imbécile, murmura-t-il en gagnant la cure, un imbécile dangereux.

Capucet m'a tendu la main une première fois. Averti, je me laisse prendre aux mêmes sornettes, il a fallu qu'une enfant vienne m'ouvrir les yeux. Maintenant, je ne sais plus...

L'horloge de la grande cuisine marquait deux heures et demie. En hâte, il déjeuna de pain et de lard, sans s'asseoir. La rage d'être tombé deux fois de suite dans le même piège étouffait en lui tout esprit de contrition. Tandis qu'il rangeait le pain et l'assiette au lard dans le placard, il s'en rendit compte. Retrouvant un peu de calme, il décida qu'il irait chez Forgeral recueillir des renseignements. Après quelques minutes de marche, il aperçut le maire pédalant sur la route de Blévans, à peu près au milieu de Cantagrel. Il crut l'avoir manqué, eut un mouvement d'impatience, mais il vit Forgeral descendre de bicyclette devant chez la Cornette.

— Je vais toujours aller là-bas, songea-t-il, peut-être qu'il sortira. S'il ne sort pas, tant pis, j'entrerai dans le café.

Lorsque Forgeral pénétra chez la Cornette, il y avait presque autant de monde qu'un dimanche après-midi après quatre heures. Sans compter ceux de Cessigney qui occupaient tout un côté de la salle, ils étaient bien une quinzaine de Cantagrel, républicains et calotins mélangés. Il était surtout question de l'Aurélie, mais, pour ne pas se compromettre, on parlait à mi-voix, sauf Frédéric Brégard dont chaque parole avait l'air d'une provocation aux républicains. Il disait que l'enterrement civil ne se ferait pas ou qu'il y perdrait son latin. Heureusement, l'attitude calme et presque conciliante des autres hommes du hameau atténuait l'insolence de ses propos.

Comprenant qu'il n'y avait pas danger d'explosion, chacun s'appliquait à faire valoir ses arguments. Pour les calotins, c'étaient toujours les mêmes arguments, d'ordre purement sentimental, somme toute. Les républicains avaient la partie belle : la conclusion des gendarmes, qui était l'essentiel, à ne s'en tenir qu'aux résultats. Et puis, nier le suicide était imprudent, et à leur avis l'erreur des calotins était de fonder leur opinion sur la piété de l'Aurélie.

— C'est encore ben de la bêtise de croire que ceux qui communient sont plus sucrés que les autres, disait Francis Boquillot. Je me rappelle le Philibert Boulier, y avait pas un homme dans tout Blévans qui soit plus catholique. N'empêche que toutes les fois qu'on se rencontrait à la foire de Dôle, il était enragé pour vouloir me mener dans la rue des Prisons. Je le laissais aller, mais c'est pour dire, et les femmes, c'est du pareil aux hommes.

— Tu causes sans savoir, répliqua Noël Frelet qui était chantre à l'église. Tu causes sans savoir et la preuve c'est que j'ai servi dans le même régiment que Boulier, je te cause d'y a trente-huit ans. Boulier était l'ordonnance du lieutenant. Tu me dirais que Boulier savait boire, ça ne serait déjà plus pareil, mais pour le reste tu causes sans savoir. C'est pas d'hier que je connais Boulier.

Nestor, le plus jeune des garçons à Guste Aubinel, approuva :

— Il a raison, Noël, et pour ce qui est de l'Aurélie, y en a toujours pas un dans le pays qui pourrait se vanter de lui avoir embrassé seulement le bout du nez.

— Pour ça, convint Boquillot, ça se peut encore. Seulement faut dire que ça ne faisait envie à personne. Au lieu que si elle avait été tournée comme une que je connais, ajouta-t-il en regardant la Cornette qui apportait des canettes de bière.

La Cornette lui donna une tape sur la main.

— Finissez donc, que je vas le dire à vot' vieille, moi.

Francis Boquillot jeta un regard du côté de la porte où il redoutait toujours de voir apparaître sa femme. Forgeral entrait. A la cantonade, il donna le bonjour pour tout le monde et vint s'asseoir à la table où le parti avancé était le plus représenté, celle de Boquillot.

— Ça m'a l'air de discuter, là-dedans, dit le maire. Pas besoin de demander ce que c'est.

Noël Frelet hocha la tête.

— Y a pour discuter, dit-il.

— Discuter quoi, dit Forgeral. Il me semble à moi que ce pauvre Coindet est déjà assez dans le malheur comme ça sans aller le tourmenter encore avec des histoires de rien, surtout que ça ne changera pas grand-chose.

Boquillot et ceux du parti approuvaient, une protestation s'éleva de la table voisine. C'était Noré Toubin qui ne voulait pas manquer une occasion de faire du potin.

— C'est vite dit que ça ne changera rien. C'est encore plus vite dit que le Coindet est dans le malheur. Dans le malheur? c'est peut-être qu'il a du remords...

Irrité par l'insinuation, Forgeral se retourna vivement en s'écriant :

— Tu devrais avoir honte de dire une chose pareille. T'oserais toujours pas le répéter devant Coindet, et je te souhaite pas qu'il l'apprenne un jour, il pourrait te chauffer les oreilles, oui. Avant de causer de lui sur ce ton-là, tu ferais seulement mieux de te regarder, parce que des hommes aussi convenables que Coindet, on peut toujours les compter dans le pays. Je crois qu'il y a personne ici qui voudrait dire le contraire.

82

Il semblait que tout le monde approuvât Forgeral et un murmure général blâmait Noré Toubin lorsque, du coin de Cessigney, Frédéric Brégard apostropha le maire.

— Forgeral, puisque tu le défends, moi je te cause. Le Coindet, c'est rien qu'un salopiau et si c'est pas vrai qu'il a tué sa femme, comme son beau-père dit, moi je prétends qu'il en est capable. Je prétends, oui, et j'ai mes raisons.

— Tu devrais faire attention à ce que tu dis, répliqua Forgeral. Quand on avance ça par-devant tout le pays, on doit les donner, ses raisons.

— Je vas te les donner, bouge pas. Mes raisons c'est que je viens de faire six mois de prison parce que ton Coindet m'a vendu aux gendarmes. Il m'a vendu, je le sais.

— Tu le sais. Des choses qu'on t'aura racontées, oui. Je te dirai presque qui.

— Des choses qu'on m'a racontées, tu dis bien. Seulement, ça m'a ouvert les yeux et j'ai été obligé de reconnaître que c'était lui qui m'avait dénoncé. Il était tout seul à savoir que j'avais de la contrebande, il était tout seul à avoir vu, tout seul, t'entends. Y a pas à dire qu'il n'était pas tout seul, personne d'autre le savait, pas seulement Rambarde. J'ai été amené à le dire à Coindet par hasard, et je te jure qu'il a point perdu de temps, puisque le lendemain de mon arrivée, les gendarmes venaient me dire : « Donne-nous les montres et le tabac que t'as ramenés hier. » Ah, il les avait renseignés comme il faut.

Brégard eut un ricanement ironique et ajouta :

— Il s'est peut-être dit qu'un service en vaut un autre...

Noré Toubin triomphait sans retenue, répétant à Forgeral :

— Cause donc, maintenant. Allez, pourquoi que tu causes pas?

L'accusation, lancée avec tant de précision, troublait Forgeral sec de répondre. Il finit par secouer les murmures ironiques des calotins.

— Je ne peux pas dire si c'est vrai ou si ce n'est pas vrai, mais c'est une chose entre Coindet et toi, qui n'a rien à voir avec ce que Noré Toubin disait tout à l'heure. Et moi je te cause aussi, Brégard. C'est pas parce que t'as un compte à régler avec Coindet qu'il fallait te mettre en dimanche pour venir exciter le curé contre lui. J'aurais même pas cru ça de toi.

Alors il y eut un remous autour des tables de Cessigney et Louis Rambarde se leva à son tour. Il demanda sévèrement :

— C'est aussi pour nous autres que tu causes, Forgeral.

Et d'autres voix après la sienne :

— C'est aussi pour nous autres?

Forgeral se mordait la langue et, voyant les choses se gâter, regrettait d'avoir été imprudent. Rambarde traversait le café pour venir lui parler de tout près. Il s'arrêta en chemin. Le curé entrait.

Un qui avait du soulagement, c'était Forgeral. L'abbé Richard vit bien que l'esprit du Seigneur n'était pas dans le café de la Cornette, mais il lui suffit d'un signe pour que Rambarde reprît sa place au milieu des hommes de Cessigney tout d'un coup tout doux. Forgeral, avec sa voix de concorde universelle des prémices électorales, invitait le curé à sa table.

— Vous prendrez bien un verre de bière avec nous, monsieur le curé, on va vous faire une place.

Immobile devant la porte, le curé fit signe que non et refusa la chaise que lui apportait la Cornette.

— Monsieur Forgeral, dit-il, je voulais aller chez vous pour vous parler. Mais je ne vois pas d'inconvénient à le faire devant tout le monde. Je voulais vous entretenir des mauvais bruits qui circulent sur la mort d'Aurélie Coindet et sur Coindet lui-même. Qu'en pensez-vous?

— Monsieur le curé, répondit Forgeral, c'est des inventions. Et vous pouvez me croire. Ce n'est pas moi qui irais me faire complice d'un mauvais coup pour couvrir un de mon parti.

— Je n'en sais rien, dit le curé. Vous n'êtes jamais venu me faire voir ce que vous aviez dans le cœur. Mais qu'est-ce que vous savez de l'affaire? Vous avez vu les gendarmes?

— Ce matin, comme ils sortaient de chez Coindet. L'Aurélie s'est bien suicidée.

— C'est la conclusion de leur enquête?

— Oui.

Le curé réfléchit une minute. Devant tous les verres de bière, lui chétif, il se mit en prière, fit son signe de croix, et déclara, non sans effort :

— J'engage tous les fidèles qui ont été imprudents à faire leurs excuses à Coindet. Il n'y aura pas de service religieux.

L'abbé ajouta qu'il fallait rendre à César ce qui appartenait à César et en sortant de chez la Cornette, il murmura avec amertume :

— Aurélie Coindet, il n'est pas de sentier détourné qui joigne la route du paradis gardée par un gendarme. Pour une fois, Sa Grandeur serait contente de moi, si Elle connaissait ma décision.

VI

Dans la chambre mortuaire, la famille de Coindet, alignée contre le mur en file perpendiculaire au lit, attendait l'instant de la mise en bière. Joseph, le frère de Coindet, avait la première place près de sa belle-sœur. C'était un homme de quarante ans qui ressemblait étrangement à Urbain. Les visages des deux frères avaient une même expression de franchise, mais celui d'Urbain reflétait habituellement une sérénité gourmande, un peu paresseuse, tandis que la physionomie de l'aîné était toujours triste.

Joseph Coindet se méfiait des femmes, les méprisait un peu, quoiqu'il fût marié et assez disposé, disait la vieille cousine Noëmi, à courir la gueuse. Il avait toujours détesté l'Aurélie. Ce matin, lorsqu'il était arrivé de Blévans, il avait à peine dissimulé sa satisfaction. Dans la cour, il disait en serrant la main d'Urbain : « Te v'là veuf à cette heure », comme si son frère eût été promu. Maintenant, dans cette chambre de deuil, il contemplait avec une soudaine tendresse le pauvre corps refroidi qui avait voulu sa récompense tout de suite. Lui aussi, parfois, se sentait si fatigué qu'il n'aurait pas voulu recommencer la vie même par l'autre bout.

Les gens venus pour l'enterrement attendaient dans un coin de la chambre leur tour d'asperger l'Aurélie d'eau bénite, puis sortaient dans la cuisine ou dans la cour. Jeanne Brégard, qui était là toute seule de Cessigney, s'empressait à ranger les bouquets de fleurs. Sous les mains croisées de l'Aurélie, elle avait placé une petite Vierge en plomb et un rameau de gui. Le frère de Coindet la regardait avec hostilité et trouvait qu'elle avait déjà l'air d'être de la maison. Tout à l'heure, lorsqu'il avait demandé à Urbain qui était cette femme, il avait obtenu une réponse embarrassée qui lui avait donné des soupçons.

La cuisine était pleine de monde et les groupes nombreux dans la cour. Coindet, énervé, sortait à chaque instant sur le pas de la porte et murmurait avec inquiétude :

— Cherquenois qu'est pas là et il se fait trois heures. Il sera encore saoul...

Truchot allait partir à la recherche du menuisier, mais Cherquenois parut sur la route, poussant le cercueil sur une charrette à bras. On s'écartait pour lui faire place.

— T'aurais quand même pu arriver à l'heure, reprocha Coindet, depuis hier matin qu'il est commandé...

— Mon pauvre vieux, commença Cherquenois, si tu savais ce qui m'est arrivé...

— Une barrique de vin, je parie, interrompit Francis Boquillot.

On rit avec décence et Cherquenois, offensé, haussa les épaules.

— J'ai pas le temps de répondre. Allons-y. Tiens, Victor, si tu veux prendre le couvercle. Dépêchons-nous, faut que j'aille encore me changer, moi.

Sur le bord de la route, les Milouin attendaient, le dos tourné à la maison. Ils n'avaient pas voulu entrer chez Coindet, pas même dans la cour. Milouin sentant dans son dos les regards des gens en station dans la cour, était de mauvaise humeur et querellait la Léontine.

— Si tu avais écouté ma première idée, on serait pas venu. De quoi on a l'air, je te demande.

— C'est toujours ben toi qui l'as voulu. J'étais d'avis qu'on entre.

— Il est encore temps, proposa l'une des filles.

— Entrer, de quoi qu'on aura l'air, je te demande. Entrer...

Soudain, on entendit les coups de marteau qui clouaient le chêne sec. L'oreille tendue, les Milouin écoutaient sans respirer. A chaque coup de marteau, ils se serraient les uns contre les autres. Alors la Léontine et ses filles se mirent à pleurer, et le vieux se mit à pleurer aussi, sans faire de bruit. Tous ensemble, ils s'étaient retournés et regardaient la fenêtre de la chambre. Il tapait fort, Cherquenois. La Léontine murmura :

— Aurélie, mon petit.

Et le vieux, qui ne savait plus ce qu'il faisait, s'accrocha aux bras de la Léontine en chevrotant :

— C'est moi qui l'a menée en classe, la première fois. Je lui avais acheté un plumier à Dôle...

Il répéta avec une toute petite voix, d'un vieux qui n'en a plus pour longtemps :

— Un plumier...

Ses filles le prirent par le bras et le menèrent dans la maison de Coindet où l'Aurélie n'avait plus guère de temps à rester. Coindet était assis au milieu de la cuisine, entouré. En voyant entrer Milouin, il se leva pour aller à sa rencontre, le vieux lui tendit la main en bredouillant des mots incompréhensibles. Cherquenois enfonçait ses clous, et chaque coup de marteau cassait Milouin, lui voûtait l'échine. Coindet en était transi de pitié. Puis la chambre redevint silencieuse et Cherquenois, en sueur, se hâta au milieu des gens qui encombraient la cuisine.

— Je vas me mettre en propre, dit-il à Coindet. Je prendrai l'enterrement au passage.

— T'aurais quand même bien pu visser le couvercle, reprocha Boquillot, au lieu de taper comme un sourd.

— C'est la faute à mon gamin, je l'ai envoyé chercher des vis, il est pas rentré. C'est même ça qui m'a mis en retard...

Coindet prit alors son beau-père par le bras et le conduisit jusqu'à la porte de la chambre où il s'effaça pour laisser passer la Léontine et ses filles. Le cercueil était au milieu de la chambre, posé sur des chaises et recouvert par les fleurs et les couronnes. Le vieux regardait le grand plumier et ne bougeait pas, figé dans le cham-

branle de la porte. Tout d'un coup, il eut comme un fris-
son par tout le corps, sa taille se redressa. Tourné vers
Coindet, il dit d'une voix sèche :

— Je vois pas la couronne que j'ai fait envoyer à midi.

Cette couronne, commandée la veille au chef-lieu de
canton, était un feuillage de perles mauves sur monture
de fil de fer, avec une inscription en perles blanches :
« A notre malheureuse fille. »

— Je vois pas ma couronne, répéta Milouin.

Coindet, interdit, cherchait une explication, lorsque
son frère, écartant les femmes de Milouin, vint répondre
au vieux :

— Votre couronne, je l'ai fourrée dans le placard. On
vous la remboursera. Pour le moment, vous n'avez qu'à
vous taire et si c'était pas par respect pour votre fille
qui valait mieux que vous, je vous dirais que vous êtes
un sagouin.

Milouin, n'osant pas répliquer, hésitait sur la plus
digne conduite à tenir. Il vit entrer le curé et alla
s'agenouiller devant le cercueil à côté de lui.

Personne n'avait pensé qu'il y aurait une telle
affluence. Lorsque le convoi partit de chez Coindet, il y
avait déjà cent mètres de monde derrière le *carrosse* que
Forgeral mettait toujours à la disposition de ses administrés pour conduire leurs morts dans un appareil décent, et
le cortège s'augmentait sans cesse de gens qui l'attendaient sur le pas de leur porte ou à une croisée de chemins.

Ceux de Cessigney débouchaient du bois de l'Etang

lorsque l'enterrement quitta la maison. Les hommes se mirent à courir pour le joindre, mais le cocher dut arrêter sa bête pour attendre les femmes moins agiles. Les hommes du hameau ne se mélangèrent pas à ceux de Cantagrel, comme ils faisaient d'habitude, et formèrent un groupe distinct qui conserva jusqu'au cimetière le même intervalle avec le reste du cortège. Frédéric Brégard n'était pas là, mais la famille était représentée par le père et, dans les premiers rangs des femmes, par la Jeanne.

Coindet suivait le cercueil, un pas devant la famille. Il s'appliquait à penser que l'Aurélie était juste en face de lui, couchée sur le dos. Il aurait pu, en allongeant le bras, lui toucher les pieds. A y réfléchir longtemps, il était tout de même étonné que l'Aurélie fût morte. Avant-hier matin, elle lui avait dit : « Rapporte-moi donc un pochon. » On dit « rapporte-moi un pochon » et puis on est mort. C'est vite fait d'être veuf. Il y en a qui s'en vont, d'autres qui restent. Coindet, lui, restait. Il se le disait. Il se disait même que la Jeanne restait aussi. Coindet s'épongeait le front à chaque instant. C'était le soleil qui lui chauffait la tête, qui tapait sur le chêne lustré et allongeait la route; et le vent tiède de Cessigney, le vent mou des bois de l'Etang, qui rendait mou, gonflant les jupes des filles qui restaient comme ça tout le reste de l'année. Coindet avait chaud, il lui semblait que l'Aurélie sentît la décomposition. Elle n'en finissait pas de se faire enterrer. On n'arriverait jamais? Coindet aurait voulu monter sur le siège du cocher et galoper, galoper à tombeau ouvert.

Le cortège chenillant sur la route blanche n'était pas si impatient. C'était bien le cortège à l'Aurélie, pensant à la morte, à la mort, un cortège de mort, mort un peu, mais qui se défendait contre la mort. Chacun avait mis l'Aurélie dans un rond de serviette et, tout en l'ayant à portée de mémoire, était occupé à la recherche de ses habitudes dans une conversation avec le voisin. On parlait de labours, des blés, du prix de la viande, de cuisine, de lessives, de toutes les habitudes qui sont la vie. Ceux qui s'entretenaient de l'Aurélie, interrogeaient le mystère qui l'avait déterminée à rompre une habitude. Jeanne Brégard, dont les regards allaient de son chapelet à la nuque de Coindet, était occupée à nouer une habitude avec la complicité de la Sainte Vierge, et tout le monde se munissait d'habitudes prophylactiques.

Capucet, à qui Forgeral avait prêté son chapeau noir, était le seul qui se laissât envahir. Sous son chapeau il avait la sensation de n'être plus guère Capucet. Faisant la navette entre les derniers rangs de Cantagrel et le groupe de Cessigney, il cherchait une ornière, répétait de petites phrases :

— J'ai ben connu le père Coindet... l'Aurélie, c'était une gentille femme.

On lui disait oui, en lui tapant sur l'épaule avec amitié, mais personne ne l'aidait. Capucet, maigre et inoffensif, flairait la mort avec inquiétude au milieu de ces hommes qui faisaient gaillardement la reconduite à l'Aurélie, guère plus empêchés que s'ils allaient au boudin, toutes leurs habitudes soudées contre la mort contagieuse.

Après deux kilomètres de marche lente, les rangs butè-
rent mollement les uns sur les autres et ceux de Cessigney collèrent au cortège. Capucet s'échappa pour aider à
porter le cercueil. Il y avait déjà quatre hommes occupés
à descendre la bière de la voiture. On lui fit une place par
amitié et l'Aurélie s'en alla au fond du cimetière où
béait la fosse fraîche.

Coindet, entre son frère et l'abbé Richard, regardait la
fosse dont il n'apercevait pas le fond et avait froid à la
pensée d'un faux pas qui le précipiterait dans cette ou-
bliette. Son frère lui dit « t'as pas l'air dans ton assiette »
et lui donna une tape dans le dos pour le réconforter.

Forgeral, pour que la cérémonie fût moins sèche, prononça un petit discours avec une émotion sincère et
donna l'exemple d'un instant de recueillement que chacun mit à profit pour échanger quelques réflexions
à voix basse. Le Carabinier, fossoyeur et croque-mort,
jugeant le moment convenable, s'approcha de la fosse.
Alors il se fit un silence absolu et toute la commune, sans
haleine, se regarda entrer dans la terre.

Comme le Carabinier retirait la planche inclinée pour
faire descendre le cercueil au fond de la fosse, Coindet
eut un sanglot court; son bras s'appuya lourdement sur
l'épaule du curé; et, la voix étranglée :

— Ah, curé, dit-il, j'aime bien la Jeanne.

VII

Sur le chemin de la maison, Coindet poussait une brouette où il avait rangé, en quittant les champs, ses outils de travail. Pas pressé de rentrer, il posait parfois sa brouette pour regarder les champs qui s'étendaient, d'un côté de la route jusque par-delà la rivière, de l'autre côté jusqu'aux bois de l'Etang. A deux ou trois cents mètres de chez lui, il fit une pause plus longue et roula une cigarette, les yeux sur le vert plat.

« Ce sacré Guste Aubinel, songea-t-il, il a les plus beaux blés et aussi bien du côté de la Table-aux-Crevés que par ici. »

Sa cigarette allumée, il se disposait à reprendre sa brouette, machinalement, mais il sentait comme une tristesse lui dilater le nez. Il s'assit sur la brouette. Il n'était pas pressé de rentrer, non, quoiqu'il fût déjà sept heures et demie. Et tous les jours c'était la même chose. Au moment de regagner la maison, après les travaux de la journée, il se sentait sans courage et tout renâcleux. Pourtant, la vieille Noëmi ne le tracassait pas; et, au len-

lendemain de l'enterrement, lorsqu'il fut définitivement arrêté qu'elle tiendrait son ménage, Coindet avait été satisfait. Une fois remisés dans l'armoire son complet noir, son faux col et son chapeau noir, il lui avait semblé que la vie continuait pour lui pas bien différente de ce qu'elle était quelques jours auparavant. Son frère, sur le point de regagner Blévans, lui avait dit :

— Te voilà comme avant, que je crois. Et tu n'auras plus de beaux-parents pour te gêner. D'une façon, t'as de la chance...

Urbain Coindet, par décence, n'avait pas osé approuver, mais il pensait bien comme ça. En somme, l'Aurélie avait tout juste le rôle qu'allait assumer la vieille Noëmi : préparer la soupe, soigner le bétail, la basse-cour et faire les lessives. Il allait même être plus tranquille, car l'Aurélie avait toujours été l'obstacle à la réalisation d'un désir de son cœur et de sa chair. Tant que sa femme était là, la Jeanne n'existait pas bien, au lieu que maintenant elle était comme une belle au bois dormant qui se frotte les yeux. Coindet avait donc bien des raisons d'être heureux. Mais non. C'était le contraire.

A la maison, l'Aurélie lui manquait, l'Aurélie, pas une habitude. Coindet avait beau se dire que sa femme avait été laide, qu'il ne l'avait jamais aimée, il était à chaque instant oppressé par un sentiment jusqu'alors relégué, à vrai dire encore obscur, mais tout d'un coup remuant comme un locataire qui n'accepte pas son congé. Cela ne l'empêchait pas de bien manger et de bien dormir, mais le soir, lorsqu'il lisait son journal, les nouvelles lui semblaient dépourvues de sens et, sans qu'il s'en interrogeât, il sentait lui manquer une raison d'être assis au coin de la table.

— C'est sûr que ça te fait un vide, mon pauvre petit, disait la vieille Noëmi.

Coindet ne répondait pas, mais l'explication de la vieille lui paraissait insuffisante. Ce n'était pas une présence qui lui manquait, mais une attention compréhensive qui n'avait rien à voir avec l'amour ou seulement l'amitié. Le matin, il se décidait péniblement à partir pour son travail, les semelles lourdes.

Jamais il ne fut aussi malheureux que le premier dimanche où il se trouva seul avec la vieille femme. Très tôt, le matin, il était allé au cimetière. Il avait ratissé la tombe, placé des fleurs dans de vieilles boîtes de conserves et planté un géranium, sans ennui, mais sans émotion, comme il se fût appliqué à n'importe quelle besogne. De retour à la maison vers huit heures, il avait commencé à explorer le dénuement d'une longue journée d'oisiveté. Les dimanches d'habitude, il s'occupait à de petits travaux pour lesquels le temps lui manquait en semaine; rafistolage d'une mangeoire, d'un râtelier, taille d'un arbre, ouverture d'une tranchée à purin. Ce dimanche-là, il ne voyait rien à faire, errait de la cuisine aux écuries et retour, les mains et le cœur ballant.

— Mon pauvre, t'as l'air ben embarrassé de ton corps, finit par lui dire la Noëmi.

— Qu'est-ce que vous voulez que je fasse, vous?

— Je ne sais pas, mais t'es là que tu lèves un pied

après l'autre, comme si t'étais empigé dans les ronces. Tu devrais te remuer.

— Qu'est-ce que vous voulez que je fasse?

— C'est ben une vieille femme comme moi qui va te le dire. Tu ne vas pas passer tous tes dimanches comme ça, cependant. Regardez-moi ça...

— Qu'est-ce que vous voulez...

— Enfin, t'es pas tombé vieux, non. Bouge-toi, va voir du monde, profite de ta liberté.

— Ma liberté, dit Coindet lentement. La liberté, c'est pas ça...

La liberté, pour Coindet, c'était d'envoyer promener ou de mépriser platoniquement des contraintes. Et voilà qu'il ne se sentait plus obligé à aucune règle.

— La liberté, dit-il encore, si c'est pas quelque chose, c'est rien.

— Ça ne va pas tarder que tu te remarieras, s'irrita la vieille, oui je vois ça.

— On ne sait pas, dit Coindet.

Il aimait la Jeanne Brégard, mais il pensait à elle sans empressement, comme s'il eût redouté de faire un mélange. Il savait bien qu'un jour il mettrait ses habits propres pour aller trouver le père Brégard dans le bois de l'Etang et il n'était pas impatient. Ça serait l'année prochaine, dans deux ans ou trois, le temps qu'il faudrait pour se remettre à neuf. Quand un tonneau est vide, on ne le remplit pas sans l'avoir rincé.

Assis sur sa brouette, Coindet regardait la nuit confondre les blés maigres et les blés gras dans une nappe unie. Son cerveau ralenti, il aurait voulu s'endormir là.

— C'est toi, Urbain?

Coindet se retourna et vit Truchot qui descendait de bicyclette.

— Un peu plus, je te dépassais sans te voir. Il fait déjà nuit.

— Je m'étais arrêté pour faire une cigarette. Il a du joli blé, le Guste Aubinel; tu veux pas en rouler une? t'es pas pressé.

Truchot posa sa bécane, prit la blague que lui tendait Coindet et s'assit sur la brouette.

— T'es toujours content de ta jument? demanda-t-il pour rompre le silence.

— Je l'ai menée ferrer ce matin des pieds de devant. Elle était mal ferrée, figure-toi, et je croirais que c'est un peu ça qui lui faisait de si drôles de jambes. Ça serait pas une mauvaise bête. Elle tire. Hier, au Champ Debout, j'ai labouré une pièce où j'avais fait du seigle. C'était ben de la bêtise d'avoir voulu mettre du seigle là-dedans. De la terre comme ça, je veux qu'on laboure un an avant qu'on puisse en faire quelque chose de propre. Ça ne vaut pas la Table-aux-Crevés.

— Sûrement qu'il y faudra plus d'un coup de charrue. T'as toujours personne pour t'aider?

— Pour le moment, je peux encore attendre. Faudrait que j'aie quelqu'un en juin, par exemple.

— C'est vrai que tu peux encore attendre. Et avec la Noëmi?

— Ça va aussi bien que ça peut, mais quand même...

— Bien sûr que tu dois y trouver un changement. Une vieille comme la Noëmi, c'est pas gai.

— C'est pas ça. Question d'être gaie, elle est seulement plus plaisante que l'Aurélie. Pour le travail, elle ne fait pas mal tout ce qu'il faut. Qu'est-ce que tu veux que je te dise... C'est des choses à n'y rien comprendre. Parce que je peux bien te le dire à toi, mais l'Aurélie c'est pas à dire que je la regrette, j'en ai point de chagrin et, d'abord, tu sais que je tiens à la Jeanne... Eh ben, comprends comme tu pourras, mais j'ai plus de goût à rien de rien. L'idée que je marierai la Jeanne, ça me fait ni chaud ni froid. Des fois, j'ai comme une envie de vendre tout le bazar, les champs, la maison, et de m'en aller travailler en usine.

— Mais non, t'es fou. Ne raconte pas ça. Tout ça, c'est question de temps, qu'est-ce que tu veux. L'Aurélie tenait sa place.

— Causons plus de ça. Tu peux pas comprendre. Je peux pas t'expliquer.

Ils ne parlaient plus. Le silence de la plaine immobile et noire les allégeait de toute vie obligée. Coindet n'était appelé nulle part, il sentait diminuer et s'endormir ses souvenirs. Le Victor lui-même eut de la peine à se secouer.

— Faut quand même que je m'en aille, dit-il, la Louise m'attend. Tu viens.

Coindet se leva lentement, cracha dans ses mains et reprit sa brouette. Avant de remonter sur sa bicyclette, le Victor lui dit :

— Ce que tu devrais faire, ce serait de sortir un peu, tu crois pas, au lieu de rester comme un ours.

— J'ai envie de voir personne.

— Ça fait rien, sors quand même. Viens manger la soupe chez nous de temps en temps. Demain soir?

— Oui, entendu, ça me dégourdira peut-être.

Huit heures passées, Coindet arriva chez lui. La Noëmi l'accueillit avec bonne humeur et posa la soupière sur la table.

— J'avais mis tremper la soupe, ça fait une heure au moins, pensant que t'allais arriver. Elle est un peu épaisse, c'était le reste du bouillon d'à midi. T'as travaillé longtemps.

— Oui.

— C'est vrai que par là-bas l'herbe vient vite. On n'arrêterait pas de sarcler. C'est comme le bas du jardin...

Coindet répondit par un hochement de tête. Avec une voracité mélancolique, il mangea le lard, les pommes de terre et le fromage que la Noëmi lui servait.

— T'as pourtant bon appétit, remarqua la vieille.

— Pourquoi que j'aurais pas bon appétit. Vous avez le journal?

Elle lui donna le journal et débarrassa une moitié de table pour qu'il pût le déployer commodément. Coindet parcourut les gros titres de la première page : *A la Chambre, Aux assises de la Seine, Vingt-quatre heures à Madrid.* Il passa en dernière heure : *Les dettes de guerre, Un nouveau record, Crue du fleuve Jaune,* etc.

La Noëmi, qui lavait la vaisselle sur la pierre d'évier, interrogea :

— Qu'est-ce qu'il dit le journal?

— Rien, dit Coindet.

— Hier après-midi, reprit la vieille, j'ai vu qu'ils avaient quelque chose pour les rhumatismes. C'est une poudre, on n'a qu'à la mettre dans l'eau. Comment qu'ils appellent ça, déjà. Tu te rappelles pas?

Coindet repoussa le journal et répondit :

— Y en a tellement, comment que vous voulez que je je me rappelle. D'abord c'est bien tout la même denrée.

— Ça se pourrait bien, oui. Je me rappelle que la Clémence, ma cousine de Blévans du côté de chez Plumon, donc la nièce du père de ton père, le vieux père Coindet qu'avait marié une fille de Sergenaux déjà parente aux Coindet en retirant par les Musot. Je me rappelle qu'elle avait une main toute tordue par les rhumatismes. Elle a voulu prendre un remède du journal, ça y a rien fait qu'enfler la main. Pour dire qu'y a guère à s'y fier. J'ai entendu dire qu'à Cessigney, ils avaient des herbes, je sais pas ce qu'y a de vrai non plus.

— A Cessigney, répéta Coindet, le regard vague. A Cessigney... j'aurais besoin d'aller jusque chez la Cornette chercher un paquet de tabac. J'en ai plus et demain matin je pars. Je reviens tout de suite.

Coindet traversa le village sans faire une rencontre, et en arrivant devant chez la Cornette, vit que les fenêtres du café n'étaient pas éclairées. Il en fut satisfait, ainsi n'aurait-il pas besoin de se dérober aux invitations. Mais, dans la grande cuisine qui séparait le café de l'épicerie, il eut la malchance de tomber au milieu d'une petite réunion. Sans compter la Cornette et son homme qui montait une ligne à brochet, ils étaient cinq à boire des petits verres, assis autour de la grande table : Capucet, Noré Toubin, Félicien le matelot, Cherquenois et Cugne, le beau-frère de la Louise Truchot. Les soirs de semaine, le café était peu fréquenté et la Cornette accueillait les buveurs dans la cuisine, pour économiser l'éclairage.

— Tiens, voilà Urbain, annonça Capucet.

Coindet semblait hésiter sur le pas de la porte.

— Entre donc t'asseoir, dit Corne. On ne te voit pas si souvent.

Coindet vint serrer la main de Corne.

— Tu te prépares pour le brochet, à ce que je vois.

— Ma foi oui, dit Corne. J'ai ramassé deux trois goujons, je veux essayer si ça donnera un peu.

Coindet fit le tour de la table pour les poignées de main et dépassa Noré Toubin sans prendre garde à sa main tendue. Alors le Noré tendit son autre main et articula « bonjour ».

— Je vas boire une canette, dit Coindet en s'asseyant. J'ai soif.

Un peu rouge, Noré Toubin avait reposé sa main sur sa cuisse et, par contenance, vidait son verre.

Capucet se pencha sur lui, disant à haute voix :

— Il ne t'a pas vu.

Et il rit, parce que c'est drôle de ne pas voir quelqu'un.

Jusqu'aux yeux, le Noré était rouge. Capucet souleva un peu ses fesses de sur sa chaise et dit à Coindet qui était à l'autre bout de la table :

— Le Noré t'a tendu la main, mais tu l'as pas vu.

Il rit encore, content d'avoir rendu service au Noré et à Coindet. Mais Coindet ne répondait pas et le silence devint si gênant que le Noré se crut obligé de dire quelque chose.

— Oui, je t'ai tendu la main, bredouilla-t-il, mais tu ne m'auras pas vu.

Et Coindet qui ne répondait pas.

— Maintenant, ajouta le Noré d'une voix plus ferme, c'est peut-être que tu n'as pas voulu, t'as toujours le droit.

— Et toi, t'as rien que le droit de fermer ta gueule, dit enfin Coindet. Si t'as pas compris je vas te rafraîchir la mémoire.

Le Noré, sans insister autrement, murmura qu'il ne voulait pas discuter à pareille heure.

Capucet était étonné. Il y avait toujours des choses qu'il ne comprenait pas. Pendant que les autres causaient entre eux, la Cornette écoutait son matafe lui raconter des histoires de la mer. Elle en était toute rose. Corne n'avait pas l'air contrarié de voir sa femme aussi émue. Il attachait ses hameçons, paisible comme un aveugle de naissance en face d'un feu d'artifice. Parfois il s'intéressait aux histoires du marin et demandait des explications.

— Combien de temps que vous restez sans voir la terre?

— Ah, des fois, on reste des quinze jours et plus. Nous encore, on file, le chariot fait ses vingt-deux nœuds...

Mais Cugne, grand cocu de la guerre, considérait le matelot avec un œil mauvais et à tout instant regardait Corne en haussant les épaules. Si ce n'était pas une pitié. Mais qu'est-ce qu'il avait donc dans les yeux. Ce fut bien pis quand la Cornette sortit pour aller vérifier qu'elle avait bien fermé le poulailler. Elle n'avait pas encore franchi la porte que le matafe se levait à son tour et disait dans la direction de l'oreille à Corne :

— Tous ces verres qu'on a bus, c'est pour vous faire éclater la vessie.

— Ne te gêne pas, invita Corne en riant, la place manque pas dehors.

Cugne en était congestionné. Le matelot sorti, il dit à Corne :

— Ce que t'en as une couche, quand même.

— Quoi, se défendit Corne, y a point de mal à ce que je lui ai dit.

— Je te cause pas de ça, mais tu comprends rien de rien. J'aime autant me taire. Un gamin qui croit avoir tout vu parce qu'il est monté une fois dans un bateau. Ah, on la connaît d'avant lui, la mer, et les bateaux et tout. Quand on est parti pour Salonique, entassés dans l'entrepont, dévorés des poux et les sous-marins allemands au cul, c'était peut-être bien autre chose.

— T'as pas eu de chance non plus de t'en aller si loin, dit Capucet, c'est la vérité.

Cugne vit bien que c'était dit sans méchanceté, mais sa rancune contre les jolis cœurs en fut avivée.

— Quand je vois cette espèce de graine qui voudrait vous en remontrer et qu'est rien que là pour...

— Tais-toi donc, interrompit Coindet, ça ne vaut pas le coup de se mettre en colère. La jeunesse, on a tous été pareils, pas vrai? Corne, donne-moi donc un paquet de tabac que je me sauve. Il est tard.

Corne alluma une bougie et passa dans la boutique.

— Pourquoi que tu veux à toute force lui ouvrir les yeux, dit Coindet à Cugne. Tu seras bien avancé une fois qu'il se doutera de quelque chose.

— C'est juste bon pour faire arriver des embêtements à la Cornette, appuya Cherquenois.

Cugne eut un geste de lassitude :

— Qu'est-ce que tu veux, c'est plus fort que moi; quand je vois ça, je peux pas me retenir. Ah toi, on voit bien que tu n'as pas trouvé un garçon en rentrant chez toi après deux ans de Salonique. Un garçon qui est là, chez toi, que le monde te dit : « C'est bien le portrait de son père. » Vingt Dieux. A part ça je dis pas que ça soit un mauvais galopin. Il vient bien. C'est pas de sa faute non plus, et moi je n'étais pas là pour empêcher. Mais l'autre andouille de Corne, ils finiront par s'en donner devant lui, et mon Corne croira encore qu'ils jouent à la main chaude...

Corne apportait le paquet de tabac, Coindet se leva :

— Qu'est-ce que je dois, tu prendras aussi la dernière tournée.

Il y eut des protestations, Cugne disait que la tournée était à lui. Le Noré et Cherquenois tendaient chacun un billet de dix francs. Souriant, Capucet les regardait se disputer la tournée. Les questions d'argent ne le concernaient pas. Pendant que les buveurs assiégeaient Corne, la porte fut ouverte et les Brégard, le père, la Jeanne et le Frédéric entrèrent dans la cuisine.

— Tirez à la courte paille, dit le père Brégard, mais n'allez pas vous battre.

On fit attention à eux.

— Venez vous asseoir, dit le Noré, ça fera l'occasion d'en boire une autre.

— C'est pas de refus, petit, on est fatigué. On arrive de Blévans et c'est du chemin pour un vieux comme moi.

Coindet avait tourné la tête et regardait la Jeanne qui lui souriait aux côtés de son frère. Elle fit quelques pas vers lui, la main tendue; mais le Frédéric l'avait suivie, il prit vivement le poignet de sa sœur.

— Je te défends, dit-il.

Et à Coindet :

— Je ne veux pas que ma sœur donne la main à un dégueulasse comme toi.

Il tenait toujours la Jeanne par le poignet et la maintenait à distance de Coindet.

— Lâche-moi, dit-elle avec violence, lâche-moi ou je te claque.

Coindet lui fit signe de se tenir tranquille et parla au Frédéric :

— On m'a raconté que t'avais jappé après moi avec

l'autre topnosot qu'est assis à c'te table (il désigna le Noré). J'ai répondu que tu devais être saoul, mais je vois que c'est sérieux.

— Tu ne peux tout de même pas dire que c'était pas la vérité?

Coindet était calme et avait un désir sincère de dissiper le malentendu. Il dit posément :

— Ecoute-moi bien, Frédéric. Tu me connais depuis longtemps et jamais tu n'as pu rien me reprocher. Cependant j'aurais pu te jouer bien des mauvais tours. Pourquoi que j'aurais voulu le faire sans rime ni raison. Tu dis que j'étais tout seul à savoir ton affaire de contrebande. T'en es sûr?

— Oui, y avait que toi, j'en suis sûr de Dieu. D'abord c'est pas la peine de perdre des paroles, puisque c'est toi, y a pas à chercher.

Coindet regarda longuement le Frédéric dans les yeux et prononça avec un calme mépris :

— T'es un idiot. Je veux pas insister.

— Ah, tu veux pas insister. Feignant. Moi j'insisterai, comme tu dis. Alors, tu crois qu'on va donner un homme aux gendarmes et qu'après ça, c'est tout de dire : « Je veux pas insister. » Feignant, j'ai pas peur de le dire devant tous, et que je voudrais pas changer de peau avec toi. Ah, oui je suis un idiot, mais je sais quand même ce que je dis. Tu me demandais pourquoi tu aurais attendu ce moment-là pour me jouer un mauvais tour? D'abord parce que tu voulais faire plaisir à Jeantet, le brigadier qui m'a arrêté. Jeantet ton ancien sergent au deux sept six. Mais y a autre chose, c'est que tu voulais te débarrasser de moi pour pouvoir tourner à ton aise autour de la Jeanne pendant que je serais en prison...

Coindet était devenu tout blanc. Capucet, qui ne l'avait jamais vu dans cet état-là, le prit par la manche de son veston. Coindet ne le sentit même pas. D'une poussée, il écarta rudement le Frédéric, saisit Jeanne Brégard par le bras et l'attira contre lui.

— D'aujourd'hui, c'est la mienne, dit-il. Y a point de Frédéric Brégard qui tienne.

Il appuya ses lèvres sur celles de la Jeanne et gagna la porte sans regarder le Frédéric qui se débattait furieusement entre Corne et Cherquenois en haletant :

— Lâchez-moi donc, qu'il s'en va, mais lâchez-moi. Ah le salaud...

Cugne alla pousser la porte. On fit asseoir le Frédéric. Le visage ruisselant de sueur, il se laissa faire et murmura en regardant sa sœur :

— Le jour que tu seras sa femme, je veux être crevé.

Elle ne semblait pas entendre. Fière de son mâle, les pommettes rouges et l'œil humide, elle rayonnait une joie insolente et Cugne murmura dans l'oreille de Cherquenois que c'était une belle fille tout de même.

Le père Brégard, entre ses deux enfants, ne savait pas comment se prononcer et égrenait son chapelet sous la table. Puis il se pencha vers sa fille, lui caressa doucement la main et dit tout bas :

— Ma Jeanne, il ne faut plus penser à Coindet.

Mais la Jeanne était sourde. Son visage conserva le même éclat triomphant.

Personne ne risquait un commentaire sur le drame dans la crainte d'être maladroit. Cugne et Cherquenois, sans oser troubler le silence, se levaient pour partir. Quelqu'un entra dans la cuisine; c'était Coindet. Il s'avança jusqu'au milieu de la pièce :

— J'avais oublié de payer mon tabac, dit-il à Corne en lui tendant l'argent.

Frédéric le regarda sortir, sans bouger, et son verre tremblait dans sa main.

VIII

Capucet enfila toutes ses longues jambes dans son pantalon, se récura le nez avec les index et acheva sa toilette
en frottant son visage d'un peu d'eau froide puisée au
baquet dans le creux de la main. En bras de chemise, il
déjeuna de pain et d'oignons crus et ouvrit la porte, pour
voir. Il vit que le matin était beau.

— Pour une belle fin d'avril, c'est une belle fin d'avril,
songea-t-il.

Et au lieu de mettre son paletot de drap, taillé dans
une capote de l'armée, il prit l'autre, un paletot de demi-
saison qu'il avait acheté quinze francs à la foire de Dôle,
la dernière fois que Forgeral l'avait emmené. S'il l'avait
acheté, ce paletot, c'était bien malgré Forgeral qui l'avait
mis en garde contre l'extrême légèreté du tissu :

— Une fois que tu l'auras lavé, tu pourras plus le
mettre.

— Je veux pas le laver, avait répondu Capucet.

Il avait même refusé un veston de trente-deux francs,
bien plus épais, pour lequel Forgeral s'était prononcé en
offrant de payer la différence de prix. Quand une chose

111

plaît, tout ce qu'on en peut dire de mal, c'est du bruit dans le vent. Capucet ne l'avait mis encore que deux fois, ce paletot, mais il n'en avait eu que du contentement. Il le constatait encore ce matin :

— Les choses les plus belles, c'est pas des fois celles qui coûtent.

Capucet mit ses pieds nus dans les souliers ferrés qui avaient appartenu à Forgeral — un Crésus, ce Forgeral, bien donnant — et sa casquette sur sa tête.

Avant de sortir, il ne fit pas de projets. Capucet était comme les poules que le soleil tire du poulailler. Il s'en allait le matin parce qu'on s'en va le matin. Chez lui, d'ailleurs, il n'avait rien à faire. Dehors, non plus, bien sûr, mais il aimait toucher du pied la terre du plat Cantagrel qu'il avait dans l'œil depuis soixante-six ans. Il aimait les gens, leurs vaches, leurs clôtures et leur eau-de-vie. Et s'il se plaisait à les regarder travailler, c'était sans ironie. Ceux du pays le savaient bien et l'avaient en bonne amitié, parce que Capucet était un personnage reposant. On était sûr qu'il n'avait désir ni besoin de posséder sur quelqu'un, terre ou femme. A Cessigney, on disait volontiers de Capucet, bien qu'il fût très rarement à la messe, qu'il n'attendrait pas longtemps aux portes du paradis. Capucet n'en était pas orgueilleux et riait à l'entendre dire, confiant tout de même. Les mains dans les poches de son corps astral, il arpentait Cantagrel et le bois de l'Etang, toujours très pressé d'arriver où rien ne l'appelait, la pensée au bout du nez. Parfois on l'interrogeait :

— Où donc tu vas comme ça?

Il répondait :

— Je vais.

Une ou deux fois par mois, il allait poser une affiche sur le mur de la mairie. Ses fonctions de garde champêtre ne l'absorbaient pas autrement. Dans le temps, il avait eu un tambour. Il s'en était servi pour la dernière fois en 1914, un jour de mobilisation générale. Capucet croyait que le monde était bien fait, et s'il avait eu licence de le réformer, il aurait seulement exigé de la Cornette qu'elle servît de l'eau-de-vie gratuitement à certaines personnes, une ou deux. Le crédit que lui avait ouvert la Cornette jusqu'à concurrence de cent francs était le tourment de sa vie. Dans son grand corps séché d'eau-de-vie, il ne sentait plus beaucoup de ressources et craignait de mourir débiteur de la Cornette. D'autre part, il répugnait aux travaux de jardinage qui lui mangeaient bien vingt jours l'année pour balancer ses trois ou quatre cents francs de boisson.

Comme on était à la fin d'avril, la Cornette lui avait dit la veille :

— Vous pensez à moi, Capucet, le jardin aurait besoin.

Et Capucet, qui attendait l'invitation depuis plusieurs jours, avait promis de venir le lendemain. Ce matin, il oubliait sa promesse lorsqu'il rencontra la Marie à Cugne sur le sentier conduisant chez Corne.

— Où est-ce que vous allez de si bonne heure, dit la femme à Cugne.

— Je vais.

Alors il sentit que sa réponse n'avait pas son habituelle gratuité, comme s'il n'était pas en route pour ses petits infinis quotidiens. Après avoir dépassé la Marie à Cugne, il murmura :

— Je vas... je vas chez la Cornette.

Capucet regarda en l'air. Il n'avait jamais vu le soleil dans cet état-là. Un soleil amoureux de Cantagrel et qui faisait transpirer les prés autour de Capucet.

— Pour une belle fin d'avril, c'est une belle fin d'avril...

Il hésita, puis, rebroussant chemin, murmura avec un sourire :

— Mais oui, que je vais aller travailler avec ce veston-là. J'irai demain.

Capucet songea qu'il était prudent, jusqu'à midi, d'éviter le centre de Cantagrel où il courait le risque d'être vu de la Cornette et décida qu'il gagnerait Cessigney par l'étang. En remontant la rivière jusqu'à la hauteur du Champ Debout, d'où il tirerait droit sur l'étang, c'était à peu près cinq kilomètres de marche. Comme il passait devant la cure, il rencontra le curé qui sortait.

— Vous avez beau temps, monsieur le curé, dit-il en touchant sa casquette.

— Un beau temps, oui, un beau temps pour tout le monde excepté pour moi.

L'abbé Richard marchait à côté de Capucet.

— Excepté pour vous, monsieur le curé?

— Mais oui, c'est toujours la même chose. Aussitôt

qu'il commence à faire beau, la moitié des paroissiens lâchent l'église et donnent leurs dimanches aux
bestiaux.

Capucet plaignit le curé et voulut excuser les fidèles de
Cantagrel.

— On ne fait pas ce qu'on veut non plus, monsieur le
curé, et comme dit Boquillot, c'est pas avec des patenôtres
qu'on emplit une génisse. Y a justement Cugne qui doit
en mener une à la saillie. Si il ne la menait pas dimanche matin, ça lui ferait perdre un après-midi de semaine.
Faut qu'il aille jusqu'à Sergenaux, pensez. Vous me direz
qu'il pourrait aller chez Marcheraux à Blévans, mais
Marcheraux y a pas à se fier à son taureau. Au lieu qu'à
Sergenaux, à chaque fois vous êtes sûr du veau, monsieur
le curé.

— Je comprends, dit le curé, je comprends. Mais tout
le monde n'a pas une génisse à conduire chaque dimanche, à commencer par vous qui ne venez pas nous voir
souvent.

— Ça c'est vrai, convint Capucet. On est pourtant
catholique, vous savez, mais ce n'est guère à mon âge
qu'on s'y remet. Comme dit le Noré, il faut laisser la
place aux jeunes.

Le curé sourit, puis soupira :

— Ah, ce n'est pas la place qui manque. Pour les
jeunes, les marchands de bicyclettes me font bien du tort.
Mais ça ne fait rien, je les ramènerai, je les ramènerai et
vous aussi.

— Oh, moi, si c'est que de vous faire plaisir, je ne

demande pas mieux. Nous voilà qu'on va sur la Pentecôte, j'irai à la messe de la Pentecôte.

— Allons, j'ai trouvé un homme de bonne volonté. Au moins, n'oubliez pas de venir.

Capucet quitta le curé pour joindre la rivière. Au creux Romain, il tomba sur Corne qui surveillait ses lignes à brochets.

— T'as le beau temps, dit Capucet.

— Le beau temps, répondit Corne. Seulement ça dure un peu trop. Quand il fait chaud trop longtemps, le poisson a soif, il est paresseux. Il lui faut de l'eau fraîche. Y a à se méfier d'un avril comme voilà.

Capucet, après s'être informé de la pêche, s'avisa que Corne était le mari de la Cornette.

— Ce matin, dit-il, j'ai pas pu aller faire ton jardin comme j'avais promis à ta femme. Au dernier moment, on a toujours affaire. J'irai demain.

— Y a rien qui presse, dit Corne sans lever les yeux de ses bouchons. Rien qui presse, seulement, les femmes, tu sais bien ce que c'est. On dirait toujours que la foire est sur le pont. La mienne est comme ça. Tu viendras quand tu voudras. D'abord le marin lui a promis un coup de main pour son jardin. Nous, on ne demande pas mieux qu'il vienne travailler. Quand on est en permission, on est toujours content de gagner une pièce par-ci par-là.

Corne leva le nez et ajouta en regardant Capucet :

— Ce Félicien, c'est un gentil gamin et qui a bien de la conversation.

— Ma foi oui, approuva Capucet sans arrière-pensée. Ta femme l'aime bien.

— Forcément. Tout à l'heure, j'ai vu un brochet qui faisait bien ses trois livres, il était là sous le buisson. Il a pas voulu me toucher, mais ça fait rien, il a beau être malin... Où c'est que tu vas?

— Je monte jusqu'au Champ Debout. J'ai envie d'aller à Cessigney par l'Etang. Je vas profiter de marcher pendant qu'il fait pas trop chaud. A revoir. Ne dis pas à ta femme que tu m'as vu.

— Va donc, va donc.

Au Champ Debout, Coindet labourait en bras de chemise. On l'entendait de loin jurer après sa jument. Arrivé au bout du champ, du côté de la rivière, il s'arrêta un moment pour donner le bonjour à Capucet.

— T'as le beau temps, dit Capucet.

— Du trop beau temps que c'est. La terre est dure. Labourer là-dedans avec un cheval, c'est des maux pour arriver à tirer un sillon droit.

— C'est pourtant une belle bête, mais c'est sûr que ça ne vaut pas un couple de bœufs pour l'ouvrage que tu mènes ici.

— Je le disais hier au Victor. Alors t'es venu me voir?

— Non, je vas à Cessigney.

— Tu vas à Cessigney...

Coindet baissa la tête et écrasa une motte de terre sèche sous sa semelle ferrée.

— Alors, comme ça, tu vas à Cessigney. Moi aussi, faudra ben que j'aille à Cessigney.

— C'est pas loin de chez toi, si tu veux y aller.

— Comme tu dis, c'est pas loin de chez moi. Capucet...

— Y a Corne qu'a vu un beau brochet au creux Romain.

— Ecoute-moi donc, grande girafe. J'irai à Cessigney quand je voudrai. Dis-le à la Jeanne Brégard, si tu la vois toute seule. Mais tâche de la voir toute seule. Répète-lui ce que je te dis, que ça : Je viens de voir Coindet, il m'a dit de te dire qu'il attendait le moment. Et si des fois elle avait du pressant à te dire, passe chez moi à midi. T'as compris.

— Oui.

— Alors va-t'en vite. C'est pas de causer que l'ouvrage se fait. Je voudrais finir cette pièce-là avant les midi.

De la futaie sombre où il marchait depuis dix minutes, Capucet déboucha sur le nu de l'étang. Le soleil était à la noce et l'étang poli éclatant dans le bois comme une ampoule de six cent mille bougies. Capucet s'en frottait les yeux. Il n'entendait pas d'autre bruit que le coulis d'eau tombant dans le ruisseau en contrebas par une fissure de la vanne. En passant sur la poutre du déversoir, il aperçut, à l'autre bout de l'étang, et grand comme un porte-plume, le Carabinier qui pêchait aux grenouilles, simple prétexte à tendre des lignes de fond aux anguilles et aux tanches de Moïse Pottier, le grand fabricant de porcelaine hygiénique, conseiller général, maire du chef-lieu de canton, propriétaire foncier et officier d'académie. Capucet, pour ne pas contrarier certaines présences de l'étang qu'on révérait à Cessigney, n'essaya pas de se faire entendre du Carabinier et, avec son bras, fit un signe d'amitié. Le Carabinier l'avait vu. Il agita sa gaule et fit glisser sur l'étang :

— T'as le beau temps!

Alors Capucet fit signe qu'en effet il avait le beau temps et reprit le sous-bois. Aux carrefours de sentiers, il n'avait pas besoin de chercher le bon chemin dans sa mémoire. Pourtant, au dernier carrefour, il hésita entre le sentier qui tombait au milieu de Cessigney et celui qui touchait le hameau par la Corne Sèche, du côté de chez Brégard. Songeant au message secret qu'on venait de lui confier, il se décida pour le côté de chez Brégard. Il aimait mieux être libéré tout de suite de son fardeau. Comme il s'engageait dans le sentier de la Corne Sèche, un lièvre lui fila presque dans les jambes et se perdit dans le bois. Capucet courut derrière lui sans réfléchir, non par instinct de chasseur, il n'avait jamais tenu un fusil, mais parce qu'un lièvre, c'est une drôle de bête. Il n'était plus jeune et l'épaisseur des taillis l'eut vite empêché. Il s'arrêta, essoufflé, et vit qu'il était dans le muguet. Il y en avait sous ses souliers ferrés et tout autour de lui, un muguet aux fleurs encore vertes, quelques-unes fleuries. Capucet cueillit des brins à belles cloches qu'il serra dans la poche de son paletot.

— Je les donnerai à la Jeanne. C'est la plus belle fille.

Devant la maison, Frédéric Brégard finissait d'affûter un fer de hache sur une meule tendre. En face de lui, la

Jeanne tournait la manivelle et chaque tour de meule tendait l'étoffe mince du caraco sur sa poitrine d'été. Capucet arriva au coin de la maison et dit :

— Bonjour les enfants.

Les Brégard n'entendaient pas, à cause du miaulement de la meule sous l'acier. Alors Capucet s'avança tout près d'eux et dit : « C'est moi. » Le Frédéric lui fit un clin d'œil amical sans lever la tête et cria à sa sœur :

— Tourne régulièrement, Bon Dieu. Comment veux-tu que je fasse de l'ouvrage propre.

Il pencha sur la meule son visage irrité.

— Là, doucement. Là, c'est bon, arrête.

Il fit jouer l'acier dans le soleil, en tâta le fil avec son pouce.

— Ce coup-là, ça peut aller. Eh ben, mon vieux Capucet, ça faisait du temps que t'étais pas venu. Je disais encore ce matin : on ne voit plus Capucet.

— C'est vrai, ça fait une semaine que je suis pas venu. On est occupé aussi, qu'est-ce que tu veux. C'est pas près non plus, pour dire.

— Entrez donc, dit la Jeanne. Que vous êtes fatigué d'avoir marché.

— Allez, entre, appuya son frère. La Jeanne va nous verser la goutte.

Capucet répondit que ce n'était pas de refus et entra dans la cuisine, une grande pièce passée à la chaux, sans plancher, propre. Au fond, les deux lits de Frédéric et du père Brégard se faisaient vis-à-vis de part et d'autre de la porte donnant accès à la chambre de la Jeanne.

Assis en face de Frédéric, Capucet l'écoutait d'un air préoccupé.

— Figure-toi, disait le Frédéric, que j'étais pour m'en aller du côté de Roye-les-Bois dans une coupe de la commune et voilà qu'avant-hier j'apprends que Pottier allait faire éclaircir le coin qu'il a acheté l'année dernière sur la lisière en remontant vers Sergenaux. Ça va me faire au moins trois mois à travailler là, à deux kilomètres de chez nous. Une chance. Pense voir, c'est juste à côté de la Réserve de Sergenaux.

— C'est de la chance, approuva Capucet que sa mission préoccupait gravement.

— Si c'est de la chance! regarde donc, à Roye-les-Bois, c'était quinze kilomètres rien que pour aller. Il aurait fallu que je me fasse une cabane là-bas.

Capucet tortillait le bouton de son paletot de demi-saison. Il dit d'une voix anxieuse :

— Ça fait bien quinze kilomètres, oui. Je viens de rencontrer Coindet.

Le Frédéric avait froncé les sourcils. Capucet voulut rattraper sa maladresse, dire qu'il n'avait pas vu Coindet depuis trois jours. Il fit un grand effort et entendit qu'il articulait :

— Je viens de rencontrer Coindet au Champ Debout.

La Jeanne s'était approchée de la table. Les yeux brillants, elle interrogea :

— Qu'est-ce qu'il vous a dit, Capucet?

Heureusement, le Frédéric ne laissa pas à Capucet le temps de répondre. Furieux, il jeta à sa sœur :

— Est-ce que ça te regarde, ce qu'il a dit? Je t'ai dit et je te répète pour la dernière fois de ne plus t'occuper de ce sujet-là. Tu crois peut-être que je suis un homme pour oublier une saloperie comme celle qu'il m'a faite. Alors qu'est-ce que t'espères? Si jamais je vous prends à fricoter tous les deux, je te lui règle son compte recta.

— Il en faudrait des malins comme toi pour lui-faire peur. En tout cas, ce que je t'ai dit, moi je te le répète aussi. Je suis fiancée à Coindet. T'as rien à y voir et d'abord, il ne te l'a pas envoyé dire, hein qu'il ne te l'a pas envoyé dire?

Le menton haut, poings aux hanches, et cambrée de partout, elle le défiait. Il tapa du poing sur la table et jura plein la chambre. Capucet baissait la tête sur son verre et craignait pour la Jeanne. Voyant le Frédéric s'agiter sur sa chaise, il dit timidement :

— C'est pas la peine de te mettre en colère. Coindet, c'est un bon garçon.

— Un bon garçon? Voilà que c'est un bon garçon! Tiens, ne te mêle pas de ça, tu sais pas ce que tu dis.

— Si, je sais ce que je dis. Je suis pas bien malin, sûr de Dieu, et on ne fait guère attention à ce que je cause. Je suis Capucet et rien que. Mais écoute-moi, Frédéric, je te veux dire une bonne chose. Coindet, y a pas le meilleur homme. Je me rappelle de Coindet quand il était petit et qu'il venait de Blévans à la fête de Cantagrel avec le père Coindet. Haut comme la table, il était; mais non, qu'est-ce que je dis, haut comme la chaise. Eh ben, il avait une tête toute ronde comme tu dirais une pomme de reinette. Et il me disait à moi : « Bonjour Capucet, comment que tu vas? » Voilà ce qu'il me disait, haut comme la chaise. Je te mens pas.

La Jeanne était presque amoureuse de Capucet et le Frédéric n'avait plus de colère. Posant son bras sur les épaules de Capucet, il lui dit doucement :

— Le bon garçon, c'est toi, Capucet. Seulement, voilà, t'es rusé comme un veau de trois jours, à peu près. Y a des choses que tu peux pas te douter qu'elles sont. Mais tout de même, si je te dis que je suis resté six mois en prison parce que Coindet m'a dénoncé aux gendarmes, qu'est-ce que tu penseras de lui?

— L'autre soir, chez la Cornette, il t'a dit que c'était pas lui.

— Mais puisque je suis sûr, enfin. Je suis sûr qu'il m'a dénoncé.

Capucet était bien obligé d'accepter la vérité. On la lui donnait. Il était si triste qu'il ne voyait pas l'eau-de-vie dans son verre. La Jeanne se pencha sur la table, lui prit la main.

— Capucet, n'écoutez pas ce que dit le Frédéric. C'est des bêtises. Coindet n'a rien à se reprocher.

Elle se redressa et ajouta en regardant son frère :

— Je le sais mieux que personne, je suis sa fiancée.

— C'est vrai, dit Capucet, frappé par l'évidence.

Il se tourna vers le Frédéric pour triompher un peu. Mais le Frédéric avait oublié Capucet. Ramassé sur sa chaise, le visage empourpré, il regardait sa sœur avec des yeux féroces. Elle le fixait tranquillement. Brégard poussa d'une voix rauque :

— Saleté! Ah la saleté! Je te défends de répéter ça, je te défends...

— Tu me défends. Qu'est-ce que ça me fait que tu me défendes. J'ai point de comptes à te rendre. Ça me plairait de me marier avec un gendarme, je me marierais avec un gendarme. Je suis mineure, mais c'est pas toi que ça regarde. D'abord, j'ai encore six mois à être mineure. Tu vois bien qu'y a point de Frédéric Brégard qui tienne.

Le Frédéric rit tout doucement.

— Ah, j'ai rien à y voir. Fais donc ce que tu voudras, après tout. Mais dis-toi bien une chose : Coindet, il n'est pas pour toi. Coindet, sa place est vers l'Aurélie, vers sa femme... A te revoir, Capucet, j'aime autant m'en aller. Je vais retrouver Rambarde, tiens.

Comme il passait le seuil de la porte, sa sœur lui cria :

— C'est ça, va retrouver Rambarde, va t'entendre avec lui pour l'assassiner, mais Coindet il vous en... tous les deux.

Le Frédéric ne se retourna pas, ne répondit pas. Alors la Jeanne tomba sur une chaise et se prit à pleurer, la tête sur la table. Capucet lui toucha le bras.

— Pleure pas, ma Jeanne. J'ai vu Coindet. Il m'a dit : « Tiens, voilà du muguet, c'est pour la Jeanne. » Seulement, dans ma poche, il s'est tout abîmé. Dans la poche, c'est forcé...

IX

Comme par hasard, Milouin passait par la coupe de Pottier où Frédéric Brégard travaillait depuis une semaine. Le vieux sortit d'une touffe de jeunes charmilles comme le Frédéric posait sa hache pour boire un coup.

— Si je croyais de te rencontrer par là, dit Milouin.

Brégard avait son litre à la main. Il but à la régalade et essuya ses lèvres sur son bras nu. Il voulut bien répondre à Milouin avant de reprendre sa cognée.

— Qu'est-ce qu'y a d'étonnant. Savez bien que je travaille dans les bois.

— Quand même, y a de la place dans les bois. Je suis passé par là pour retrouver le chemin qui tombe sur les Baraques de Bertenière. Je vas à Bertenière.

Brégard dit : « Ah », et cracha dans ses mains pour se remettre à la besogne. Il n'aimait pas Milouin et lui gardait rancune de son échec auprès du curé. Le vieux vint s'adosser au chêne entaillé par la hache du Frédéric.

— Tu me demandes ce que je vas faire à Bertenière. Je peux te le dire. Figure-toi que ma cadette cause à un

125

gars de là-bas. Un mariage pour dans pas longtemps;
elle en est tout sens dessus dessous. Moi je serais plutôt
content de la chose. Il m'a l'air d'un bon sujet, lui.

— C'est bien le tant mieux.

— Ma foi oui. C'est la saison de se marier aussi. Les
filles, elles sont toutes pareilles. Quand il commence à
faire doux, elles ont le feu dans le train. Pas vrai?

Brégard dit que c'était vrai.

— A propos, reprit Milouin, on cause que ta sœur est
pour se marier. Ça serait avec Coindet. J'y ai pas cru,
je te dirai.

Brégard laissa tomber sa hache et vint furieusement
sur le vieux.

— Mariez donc vos trois toupies et occupez-vous de
vos affaires au lieu de faire suer le monde. J'aime pas
vous voir. Otez-vous de mon chêne.

Milouin, sans abandonner la partie, décolla son dos du
gros arbre.

— Moi je te dis ça, manière de causer. Toi tu te
fâches. Je vois pas de mal à ce que le Coindet marie la
Jeanne si c'est leur idée à tous les deux. Tu
penses.

Le Frédéric jura entre ses dents et d'une main planta
sa hache en plein chêne.

— Nom de Dieu de vieille fouine, vous le savez bien
qu'elle est pas pour Coindet. Qu'est-ce que vous venez
me casser les oreilles, hein? Je veux plus vous voir rôder
autour de moi. Tenez, restez là encore une minute.

Le Frédéric tourna la tête et appela: «Louis, eh

Louis! viens voir. » L'appel suspendit le bruit d'une cognée qu'on entendait tailler à deux ou trois cents mètres de là et une voix répondit : « J'arrive. »

— Vous allez être content, ce coup-là, murmura Brégard.

Milouin entendit un froissement de branches. Rambarde sortit d'un taillis.

— Tu m'as appelé?

— Oui, je t'ai appelé, dit Brégard.

Il prit Rambarde par l'épaule et dit à Milouin :

— Vous vouliez savoir lequel qui marie la Jeanne? le voilà.

Rambarde hocha la tête avec modestie et protesta :

— Si elle veut. Ça serait pas dans mes idées autrement.

Brégard le secoua rudement.

— Si elle veut? Je voudrais voir ça, la garce, qu'elle veuille pas.

— Tu déraisonnes, mon vieux Frédéric. L'obliger, ça serait de la folie. Qu'est-ce que tu dirais, toi, si on t'obligeait à marier une des filles du père Milouin?

Milouin était mortifié, il ne parvint pas à sourire, ses yeux enflèrent au milieu de son visage grenat. Le Frédéric, lui, riait à cuisses claquées, heureux de la confusion du vieux qui essayait de reprendre aplomb. Il avait une si pauvre mine, Milouin, que Rambarde eut pitié.

— Vous savez, le vieux, faut pas vous vexer. C'est façon de plaisanter.

— Oh, je ne me vexe pas. Je sais ce que c'est que de

rire. Je dirai même que je suis de ton avis pour les idées des femmes, et j'ai dans la tête que ça serait une sottise de vouloir obliger la Jeanne. C'est pas un secret qu'elle s'est entêtée de Coindet. D'abord, il est presque tout le temps avec elle...

Le Frédéric avait fini de rire. Il fit un pas pour avaler Milouin. Mais le vieux s'était mis à l'abri derrière Rambarde.

— C'est la vérité qu'ils sont toujours ensemble, reprit-il. Tous les après-midi, le Coindet rôde autour de Cessigney, je dis ce qui se dit...

Brégard jura Vierge et Dieu, hésita s'il passerait à travers Rambarde pour anéantir Milouin, et puis, volte-face, se mit à courir droit devant lui en direction de Cessigney.

— Où c'est qu'il court? demanda Milouin.

Rambarde prit la cognée, la veste et le litre de vin du Frédéric. En s'éloignant, il jeta par-dessus son épaule :

— Vous, le vieux, si jamais je vous reprends à lui causer seulement un mot, je vous casse les reins.

A travers les taillis, le Frédéric avait rejoint le sentier et courait comme un dératé égorger Coindet. Des paroles du vieux avait surgi une image précise jusqu'à l'halluciner. Il voyait les deux coupables accouplés au pied d'un arbre dans la Corne Sèche, à deux pas de la maison. Les dents serrées, les narines dilatées par la course et l'envie de meurtre, il pensait à la même fréquence qu'il respirait :

— Il y coupe pas... il y coupe pas...

En dix minutes, il eut franchi les deux kilomètres qui séparaient le hameau de la coupe. Sans s'arrêter à explorer la Corne Sèche, il courut à la maison. Dans la cuisine, le père Brégard, occupé à faire des cartouches, se leva en voyant son fils haletant, les cheveux en désordre.

— Quoi, qu'est-ce qui t'est arrivé?

Le Frédéric était si essoufflé qu'il pouvait à peine parler. Il jeta un regard circulaire dans la cuisine et articula d'une voix brève :

— La Jeanne, où qu'est la Jeanne?

— La Jeanne? elle est dans sa chambre, en train de ranger notre linge.

— C'est pas vrai, elle est pas dans sa chambre.

Il marcha vers la porte du fond, mais le père Brégard l'arrêta d'un geste irrité et se mit devant lui.

— Pas vrai? dit-il. Alors voilà que tu traites ton père de menteur, maintenant? C'est bien ça, tu me traites de menteur, hein? Tu vas me dire ce que ça veut dire, espèce de galopin de mes fesses. T'as des drôles de manières depuis que t'es sorti de prison, oui. Je me demande ben ce que t'as pu faire là-bas.

— Ecoutez voir, papa...

— Rien du tout. Traiter son père comme ça? des fois. Moi aussi, j'y ai été en prison, et plus que toi. Ça m'a jamais empêché d'être poli avec mon père et n'importe qui. T'entreras pas.

Le Frédéric baissa la tête, comme au temps où il redoutait la gifle du père.

— C'est pas ce que je voulais dire. Mais écoutez-moi, papa. Je vous ai dit ça parce que je sais. Laissez-moi entrer.

Sa voix était entre la prière et la menace. Le père Brégard le repoussa.

— Ça suffit. Va t'asseoir ou sors.

Le Frédéric recula et vint s'appuyer contre la table. Dans sa fureur, il lui semblait que tout le monde fût complice des amours de la Jeanne. Sa haine de Coindet lui serrait la gorge. Il jeta un mauvais regard à son père et se mit à crier :

— Voilà que vous l'encouragez à galoper derrière le Coindet, maintenant? Vous serez content une fois qu'il l'aura engrossée, une fois qu'elle aura de la graine de vendu. C'est peut-être que vous voulez un petit-fils pour en faire un gendarme?

— Vas-tu te taire, Bon Dieu.

— Non, que je me tairai pas, parce qu'à cause de vous, votre fille est en train...

La porte du fond s'ouvrit, la Jeanne entra dans la cuisine avec une pile de linge à raccommoder. Elle avait entendu des éclats de voix et interrogeait du regard. Le Frédéric s'était assis, la parole coupée, sa colère étonnée. Surprise du silence qui accueillait son entrée, la Jeanne sentit qu'elle avait figé un drame et, certaine qu'il s'agissait de Coindet, voulut des explications.

— Qu'est-ce que vous disiez, papa?

Le père Brégard ne répondit pas. Il prit sa fille par la

taille et, s'approchant de la table, dit au Frédéric :

— Tu vas demander pardon à ta sœur pour toutes les saloperies que tu viens de dire.

Le Frédéric tenait une douille de cartouche, l'examinait œil contre, silencieux, la tête dans ses épaules obstinées.

— Un vrai mulet, murmura le père. Dis donc, je t'écoute.

Le Frédéric leva la tête, regarda son père et sa sœur sans colère. Il dit tout doucement :

— Je demande pas mieux...

La Jeanne posa son linge sur la table, prit la tête de son frère dans ses deux mains.

— Frédéric, je veux pas que tu me dises rien. Je veux pas que tu me dises ce que t'as dit tout à l'heure.

Il l'écarta sans brusquerie, presque avec tendresse.

— Jeanne, moi je veux te dire ce qui s'est dit. Après je te demanderai pardon. Si, je veux te demander pardon. Je disais que tu en tenais pour le Coindet et qu'un de ces jours, tu me comprends... Jeanne, je me suis trompé. Dis-moi que tu n'en veux pas, de Coindet.

Muette, la Jeanne s'était réfugiée vers le père Brégard et regardait, par la fenêtre, la clairière de la Corne Sèche, au carrefour des sentiers qui allaient à la plaine. La voix du Frédéric implora :

— Jeanne, regarde-moi. Je te cause pas pour te tourmenter. Tu vois, je m'étais dit que tu te marierais avec Rambarde, il t'aime bien et personne ne peut lui reprocher rien de rien. Mais si ça ne te plaît pas, je lui dirai de plus y penser. Je sais que tu tiens à Coindet et qu'on ne se sent pas comme on veut. Je sais que c'est dur, quand on a une idée au cœur, de penser à tout le contraire. Jeanne, je suis ton aîné de dix ans; quand la maman est morte, t'avais encore le biberon entre les dents et nous deux le père, on ne savait pas quoi faire pour que tu sois au doux. Tu riais tout le temps, le monde disait : « C'est tout sa mère », on était fier de toi devant tout Cessigney. Elle sera heureuse, que je me disais, Bon Dieu, on fera tout ce qu'y aura moyen de faire pour Jeanne, c'est juste comme ça que je pense maintenant. Tu me dirais que tu veux te marier... je sais pas, moi... avec le Carabinier, j'y verrais rien à dire, tout Carabinier qu'il est. Mais, Coindet, un homme qui m'a donné aux gendarmes, tu ne voudrais pas, Jeanne.

Il suppliait comme un enfant et le père Brégard, bouleversé de voir son Frédéric comme ça, murmura :

— Jeanne, il a raison, ton frère, tu ne peux pas...

La Jeanne regardait le carrefour des sentiers qui menaient par bois à la plaine de Coindet. Elle dit sans hésitation, durement :

— Laissez-moi tranquille. Coindet, c'est mon fiancé, je ferai ce qu'il voudra.

Alors le Frédéric posa la douille de cartouche sur la table et leva les yeux sur son fusil accroché à la tête de son lit.

— C'est bon, dit-il. Je sais ce que je dois faire.

Immobiles l'un en face de l'autre, le père et la fille regardaient le Frédéric s'éloigner vers la clairière de la

Corne Sèche et lorsqu'il eut disparu dans le bois, le père Brégard soupira :

— Je le connais, il fera comme il dit.

Les joues enfiévrées, la Jeanne lui cria violemment :

— Et toi, tu ne feras rien pour l'empêcher, bien sûr!

Le vieux Brégard tourna la tête du côté de son lit, regarda son fusil à broche et dit d'une voix sourde en faisant son signe de croix :

— Ça fera tout juste trente ans au 15 mai que le Léon Aubinel est mort en faisant boire ses bœufs aux creux Blet. Il en avait fait moins que ça.

X

Le soleil était au bout de la route de Sergenaux, à peine décollé de la terre. L'abbé put assister au réveil de Cantagrel. C'était l'heure où les écuries chaudes se souviennent de la vie et, dans l'aube résonnante, les bêtes jetaient l'appel de la faim. A chaque maison, le curé apercevait un homme poussant la porte d'une écurie ou tirant de l'eau au puits. Les femmes étaient à l'intérieur, occupées de feu. Tout s'accomplissait dans un silence morne et il semblait à l'abbé qu'il surprît la création dans une habitude sans gloire. Il voyait les aubes silencieuses se munir, les jours dépenser, les nuits remettre à neuf les habitudes — elles ne s'useraient donc pas à la fin. Une mécanique triste. Le curé haussa les épaules, fâché d'avoir oublié que le monde était fait tout exprès pour les hommes.

La veille, il avait hébergé un curé de ses amis qui venait de repartir pour Dôle à bicyclette. L'abbé Richard s'était levé au petit jour pour préparer son départ, l'avait accompagné jusqu'au milieu du village et, en attendant l'heure de la messe, s'était accordé une promenade dans la campagne. Tout en marchant sur la route de Sergenaux, il examinait sa comptabilité des âmes de la paroisse. La situation n'était pas bonne; en dépit de ses efforts, de toute l'affection qu'il témoignait à ses paroissiens, le nombre des fidèles à la messe du dimanche était plutôt en décroissance. La saison l'expliquait suffisamment et le danger n'était pas immédiat. Mais l'abbé Richard, en s'installant à la cure de Cantagrel, avait espéré d'autres résultats, une dévorante flambée d'amour pour l'eucharistie, toute la paroisse s'accrochant à Jésus comme une teigne. Au lieu de ces cœurs bandés dont il avait rêvé, il traînait derrière son étole une trentaine de vieilles femmes à la foi habituée, deux douzaines d'hommes crachant une concupiscence à chaque prière, une jeunesse qui voulait des bécanes et des motocyclettes avant Dieu. Heureusement, il avait Cessigney et, à Cantagrel même, quelques âmes de bon aloi. Mais, à part la Bossue de la Maison Neuve qui disait entendre des voix, à part la Bossue et Cherquenois qu'une soif dévorante conservait dans le péché, le curé ne pouvait se flatter d'avoir augmenté son troupeau; tout au plus avait-il affermi la religion de quelques paroissiens. Après une année passée à Cantagrel, l'abbé Richard en arrivait parfois à douter du succès.

— Ils sont trop riches, pensait-il, trop heureux. Quand la terre est grasse, les phonographes à bon marché, les hommes mettent toutes leur joies en viager. Ceux de

135

Cessigney se portent bien, mais le jour où on leur dira que les bois de Pottier leur appartiennent...

Tandis qu'il cheminait à travers Cantagrel, l'abbé rêvait d'un pieux hasard qui ferait surgir quelque peste noire suivie d'un tremblement de terre et de sept années de famine. Et il évoquait tendrement les survivants pressés devant l'autel, attendant, d'un cœur élastique et rendu à l'espoir, le geste bénissant du caporal de Dieu. Lui, penché à pitié pleine sur ces malheureux, annonçait le royaume où l'on entre maigre.

Cependant, il arrivait au bout du village et, en dépassant la maison de Coindet, il eut le spectacle de l'immense plaine verte qui s'étendait à perte de vue face à la forêt. Il s'arrêta pour la contempler. Paysan, il admirait la richesse de cette plaine, évaluait les moissons.

— Ce sera une bonne année, murmura-t-il malgré lui.

Avant de poursuivre son chemin, il regarda la maison de Coindet et vit la porte de la cuisine ouverte. Songeant qu'il remettait sa visite depuis plusieurs jours, il décida qu'il entrerait.

Seul dans la cuisine, Coindet était assis devant le fourneau éteint, la tête dans ses mains. Il entendit le pas du curé et se retourna.

— Bonjour, monsieur le curé.

— Bonjour, vous voilà seul?

— Oui, la Noëmi, ma cousine, est partie à Blévans hier soir. Elle sera de retour vers les midi.

— Vous avez l'air bien préoccupé devant votre fourneau éteint. Vous auriez des ennuis?

Coindet eut un geste vague.

— Des ennuis... si j'ai des ennuis? j'en sais rien.

— Voilà une drôle de réponse, dit le curé. Je crois que vous vous ennuyez. La solitude doit vous paraître dure.

Coindet nia avec énergie.

— C'est moi qui vous ennuie avec mes questions, reprit l'abbé, mais je voudrais pouvoir vous aider. Quelquefois, il nous manque quelque chose, on ne sait pas quoi. Coindet, il vous manque la messe.

Coindet ne prit même pas la peine d'être poli et eut un geste d'indifférence.

— Oh, la messe, vous savez...

Il y eut un instant de silence. Coindet se laissait observer, presque boudeur. Le curé lui prit la main et murmura :

— Et Jeanne Brégard? Vous l'aimez, Coindet, vous me l'avez dit.

Coindet était devenu rouge. Il ne répondit pas.

— On m'a dit que vous vous étiez fiancés, et d'étrange façon. On m'a dit que vous vous étiez fiancés au café, contre le gré de son frère et, probablement, du père?

— Va falloir que je fasse le manger des cochons, monsieur le curé.

— Coindet, songez qu'elle est une enfant, vous ne l'obligerez pas à désobéir, vous ne la détournerez pas de son devoir. Elle est robuste chrétienne, mais si jeune, si vive...

Coindet se pencha un peu plus sur le fourneau. Il écoutait le curé sans le regarder.

— Coindet, j'ai un peu peur pour cette enfant-là. Vous n'aurez pas le droit de l'épouser avant une année. Promettez-moi d'écarter toute mauvaise tentation. Promettez-moi de ne pas la voir...

Coindet s'était levé. Ayant pris le curé par la main, il le conduisit jusqu'à la porte de la chambre qu'il ouvrit doucement.

— J'aime mieux que vous sachiez, murmura-t-il, c'est déjà plus propre.

Le curé vit des cheveux blonds sur un oreiller. Il repoussa la porte et gémit à voix basse :

— Malheureux... Malheureux...

Coindet avait repris sa chaise devant le fourneau froid, tranquillement, comme s'il n'eût pas été vrai que la Jeanne dormait dans son lit. Pourtant, il ne parlait plus de faire le manger des cochons. Derrière lui, l'abbé arpentait la cuisine, troublé par la vision du péché, s'arrêtant pour considérer le coupable dont la tranquillité l'épouvantait.

— Coindet, comment avez-vous pu, vous un honnête homme... je vous dis que c'est une enfant, voyons. C'est monstrueux.

Il vint s'asseoir devant le fourneau et Coindet parla :

— Les curés, dit-il, c'est des gens heureux. Un curé, il ne sait pas ce que c'est que de se sentir la tête paresseuse à cause d'une femme qu'a des yeux et tout. Les curés, ils croient que d'aimer ça n'est rien qu'une envie de la chose, une envie qui tient bon, mais qu'on use sur des oraisons comme lame sur meule. Oh, si, ils croient ça. Un cœur de curé, ça n'est pas de même usage qu'un autre. Nous autres de la terre, on ne veut pas ce qu'on veut. Hier soir, elle est entrée. Moi je finissais de nettoyer mon fusil, assis à c'te table. C'est toi, Jeanne? que je lui fais. Elle me dit « oui, c'est moi », mais avec un si drôle d'air que j'ai tout de suite compris qu'elle s'en irait pas. Mais je me disais : « tout de même, non », je me disais ça. Elle s'est assise là devant moi. Vous avez vu comme elle est blonde, monsieur le curé. Taisez-vous donc, vous n'avez rien vu du tout, moi je l'avais jamais vue comme elle était hier soir. Je la regardais, elle me dit : « Le Frédéric est pour te tuer. » A un autre moment, j'aurais crâné comme on fait, j'y ai pas pensé, je la regardais. « Oui, c'est décidé, il t'enverra un coup de fusil. Mais moi je ne veux pas. » Comme vous disiez, monsieur le curé, c'est rien qu'une enfant. Elle est belle, je veux pas qu'il lui arrive rien. Elle m'a pris les mains, je pouvais seulement pas causer. Elle m'a dit : « Je viens coucher avec toi. » Un mouton que c'est. Moi j'ai peur d'être pas bien beau...

Le curé n'avait plus de reproches. Il lui semblait naturel que la Jeanne dormît à côté. Il était seulement inquiet de l'avenir. Après un long silence, il interrogea :

— Et maintenant, qu'est-ce que vous allez faire?

Coindet tourna la tête et regarda la route de Sergenaux qui tenait dans le cadre de la porte.

— Voilà que le soleil monte, dit-il. Le Frédéric ne

va guère tarder d'arriver. J'ai mis deux cartouches dans mon fusil.

Le curé se leva brusquement, eut un geste de véhémente réprobation.

— Donnez-moi le fusil, ordonna-t-il.

Coindet le regarda durement.

— Curé, vous êtes fou. La Jeanne est ma femme, je veux pas que personne puisse la commander. Dans une demi-heure comme dans dix minutes, le Frédéric va entrer ici, le doigt sur la gâchette. Vous pensez pas que je vas me laisser casser la tête pour qu'il puisse aller la chercher. Je le tuerai. Allez-vous-en, vous.

Le curé alla jusqu'à la porte, regarda du côté des bois de l'Etang et revint dans la cuisine. Coindet vint à sa rencontre et, lui frappant sur l'épaule :

— Allons, monsieur le curé, soyez raisonnable, allez-vous-en.

— Coindet, c'est vous qui allez partir et tout de suite, parce que vous ne voudrez pas tirer sur le frère de Jeanne Brégard.

— Je vas me gêner.

L'abbé Richard haussa les épaules.

— Qu'il est bête. Et si vous le tuez?

— J'y compte bien, monsieur le curé. Ça sera un bon débarras pour sa sœur comme pour moi. On m'acquittera, je suis en état de légitime défense. Oh, la partie s'engage bien. Y a que s'il me tuait, mais c'est rare. Faudrait qu'il me surprenne pendant que je suis occupé à autre chose, comme voilà maintenant...

Coindet lâcha le curé pour aller prendre son fusil derrière le fourneau.

— Je suis plus tranquille tout de même de l'avoir à la main.

L'abbé l'avait suivi. Il empoigna le fusil par le canon et supplia :

— Lâchez le fusil et partez, n'importe où, allez-vous-en à Dôle.

Coindet le repoussa, irrité.

— Laissez donc mon fusil tranquille, Bon Dieu, puisqu'on vous dit qu'il est chargé. Vous commencez par m'embêter, dites donc...

Le curé retourna sur le pas de la porte et surveilla la lisière du bois. Il n'y avait pas un homme sur la plaine. Coindet considérait le curé avec impatience, lorsqu'il eut la surprise de le voir marcher à grands pas vers la porte de la chambre qu'il ouvrit grande :

— Jeanne Brégard! cria-t-il, levez-vous, Jeanne Brégard!

— Sacré nom de curé, de quoi qu'il se mêle! Voilà que vous venez fourrer votre nez dans mes draps. Au lieu de rester dans les vôtres! mais non, on n'est seulement plus chez soi avec ces Bon Dieu de soutanes de malheur.

L'abbé Richard ne semblait pas entendre et scrutait l'horizon, anxieux de voir la forêt pondre un homme sur la plaine. En l'observant, Coindet sentait une anxiété lui ricocher dans la poitrine, si bien qu'il finit par interroger :

— Alors, vous le voyez?

L'abbé fit non de la tête sans quitter du regard la ligne de partage des blés et des bois.

— Il osera seulement pas, dit Coindet. Il a plus de gueule que de cœur.

Sur le seuil, le curé s'impatientait. Il appela encore la Jeanne avec toute sa voix. Elle sortit de la chambre. Habillée en hâte, elle n'avait pas pris de temps de se peigner. Les cheveux blonds, tordus sur sa nuque et à peine maintenus par le peigne, s'ébouriffaient autour de son visage étonné. Voyant le curé, elle perdit contenance et fit mine de regagner la chambre. Il vint la chercher par le bras.

— Restez là, dit-il. Il faut que vous m'entendiez, Coindet est sourd. Jeanne Brégard, tout à l'heure votre frère va venir vous chercher. Il se trouvera en face de Coindet. Chacun aura son fusil et le plus adroit tuera. Vous voilà satisfaite?

La Jeanne ferma les yeux et murmura d'une voix paresseuse :

— Il ne viendra peut-être pas. Il part à la coupe vers les cinq heures et demie. Quoique ça ne le dérange pas beaucoup. Moi j'ai prié la Sainte Vierge toute la soirée d'hier.

L'abbé s'indigna.

— Elle doit être fière de vous, la Sainte Vierge, vous pouvez parler de la Sainte Vierge...

— Elle fait ce que je veux, monsieur le curé.

— Voulez-vous bien vous taire. Oser dire une chose pareille... c'est à se boucher les oreilles. Ah, vous aurez fait un joli mois de Marie, quand je pense... Mais qu'est-ce qu'on leur fait donc à mes chrétiennes, et moi qui proposais celle-là en exemple...

La Jeanne, consternée, baissa la tête et dit avec contrition :

— Monsieur le curé, vous dites ça parce que j'ai couché avec Coindet, mais on a bien été obligé. J'ai eu du mal à me décider. Il fallait. Je voudrais bien le regretter...

— Laissez-moi tranquille avec vos histoires, s'emporta le curé. Je m'en moque que vous ayez fait ce que vous avez fait, ne m'en parlez plus. Il s'agit d'empêcher la mort d'un homme. Vous aurez beau prier la Sainte Vierge, vous n'empêcherez pas qu'il y ait un homme mort, ce soir ou demain, peut-être dans un quart d'heure. Vous le savez bien, tous les deux. Avez-vous si bien comploté que vous soyez assurés de pouvoir assassiner Frédéric Brégard en toute sûreté?

— Dites donc, protesta Coindet.

La Jeanne se signa par le Père, le Fils, le Saint-Esprit et la Grande Pierre des Trois Sentiers afin de conjurer le mauvais sort que les paroles du curé avaient jeté au Frédéric. Puis elle se signa pareillement une deuxième fois en songeant à Coindet, parce qu'il fallait tout de même équilibrer les chances.

— Monsieur le curé, dit-elle, s'il arrivait malheur au Frédéric, c'est sûr que j'en deviendrais folle.

Le curé se tourna vers Coindet :

— Hein? je crois que vous pouvez poser votre fusil.

Coindet haussa les épaules.

— Les femmes elles disent des choses. Cinq minutes après, c'est plus ça. Si on les écoutait...

L'abbé avait chaud. Il regardait les bois de l'Etang et son anxiété grandissait. Il parla doucement à la Jeanne.

— Vous ne voulez pas la mort de votre frère, ni la mort de Coindet. Jeanne, pensez que ce soir vous prierez sur un cadavre en vous frappant la poitrine...

Emu, Coindet regardait la poitrine de la Jeanne, soulevée au rythme de la respiration oppressée. La Jeanne se jeta dans ses bras en sanglotant le nom de Frédéric. Il avait posé son fusil sur la table et, tout en caressant les cheveux blonds, regardait l'abbé avec colère. Il murmura comme pour lui-même :

— Qui c'est qui soignerait les bêtes...

— J'en aurai soin, dit l'abbé.

Coindet le toisa sévèrement :

— Vous auriez bon air, oui.

Il étendit le bras vers son fusil, tâta la crosse d'une main hésitante, et abaissant ses regards sur la Jeanne, il jeta l'arme dans un coin de la cuisine.

— C'est bon, dit-il. Je vas atteler la jument, on part à Dôle.

Il fit asseoir la Jeanne et, comme elle reniflait, lui tendit son mouchoir. Avant de quitter la cuisine, il jeta par-dessus son épaule :

— Curé, j'ai jamais eu peur de quiconque. Vous le

direz au Frédéric quand vous aurez occasion de le voir et que si y en a un des deux qu'est un fumier, c'est toujours ben lui...

— Ça va bien, dit l'abbé, dépêchez-vous d'atteler, l'aiguille tourne.

Déjà sur le seuil, Coindet se ravisa :

— Pour les bêtes, vous direz au Victor Truchot de les prendre chez lui, comme vous diriez en pension. Il ne refusera pas, on fera nos comptes plus tard. Maintenant, la Noëmi rentrera vers les midi. Vous lui direz qu'elle peut s'en retourner à Blévans. Je lui donne cinquante francs et tous les habits de l'Aurélie. Je vous remettrai les sous tout à l'heure. Je vas atteler.

La Jeanne pleurait toujours, la tête dans ses mains. Elle était courbée sur sa chaise, son corsage s'entrebâillait et le curé, en s'approchant fut doucement épouvanté. « Je n'aurai pas assez mangé ce matin », pensa-t-il.

— Jeanne Brégard, il faut que vous mangiez avant de partir. Moi je vous tiendrai compagnie : je crois que j'ai faim aussi.

La Jeanne mit sur la table du pain et du fromage que l'abbé Richard toucha à peine. Elle mangeait de bon appétit et le fromage de gruyère apaisait ses sanglots. Le curé admirait.

— Jeanne Brégard, dit-il, quand vous serez à Dôle, il ne faudra pas oublier la messe. A Dôle, l'église est belle, cinq fois grande comme l'église de Cantagrel, en pierre priante lancée haut. Vous irez aussi au cinéma, mais je ne suis pas inquiet, vous verrez bien que l'église ressemble aux bois de l'Etang.

Dans la cour, Coindet morigénait sa jument. Il vint annoncer que tout était prêt, puis il passa dans la chambre à coucher dont il referma soigneusement la porte derrière lui. Il reparut dans ses habits du dimanche, à la main un paquet ficelé assez volumineux où il avait serré quelques rouleaux d'or et d'argent, de la rente sur l'Etat, de l'emprunt russe et un peu de linge en toile de lin qu'il tenait de son père.

La Jeanne était déjà installée sur le siège de la voiture. Coindet grimpa à côté d'elle et avant de fouetter sa jument se tourna vers l'abbé Richard.

— Monsieur le curé, vous êtes un bon homme. Vous n'oublierez pas les bêtes, hein.

XI

Avant huit heures du matin ils étaient arrivés à Dôle. Coindet avait décidé qu'il laisserait la jument dans une auberge où on logeait à pied et à cheval. Le Victor viendrait la chercher le jeudi suivant qui était jour de foire. Ils employèrent la matinée à chercher une chambre chez des particuliers, Coindet ne voulant pas entendre parler de l'hôtel qui coûte les yeux de la tête.

Dans la rue Pasteur, ils trouvèrent une grande chambre meublée d'un lit de milieu, d'une armoire à glace et d'une table de toilette, sans compter les chaises et le fauteuil Voltaire. Face au lit, une fausse cheminée portait une pendule et deux candélabres qui se reflétaient dans une grande glace encadrée de plâtre doré. Il y avait, en outre, l'électricité et deux descentes de lit. Sur la promesse que fit Coindet aux propriétaires de leur céder chaque mois un poulet plumé et un demi-litre d'eau-de-vie, il obtint l'usage de la cuisine.

Le luxe de l'ameublement étonna la Jeanne. L'armoire à glace lui parut un raffinement de confort et d'élégance. A Cessigney, il n'y avait pas d'armoires à glaces, et à

Cantagrel même, Forgeral et la Cornette étaient seuls à posséder un tel meuble. Coindet, impressionné tout d'abord, se ressaisit :

— Un meuble comme voilà, évalua-t-il, y a que la glace qui vaut. Autrement, t'as tout de suite pour quarante francs de bois. Je compte largement.

Les chiffres ne diminuaient pas le ravissement de la Jeanne. Elle admirait la pendule, les candélabres et les descentes de lit avec un enthousiasme qui finit par agacer Coindet.

— Je me demande comment le Victor va loger toutes mes bêtes, dit-il.

Assis sur le lit, il se raclait le dos de la main avec sa barbe de l'avant-veille, l'air soucieux. La Jeanne lui posa les mains sur les épaules et, par jeu, le fit basculer sur le lit.

— Ne te fais donc point de tracas pour les vaches, le Victor s'en arrangera toujours bien, dit-elle, en s'étendant à côté de lui. Si elles sont un peu serrées, tant pis.

Coindet lui caressa le genou et murmura en déboutonnant son pantalon :

— Ça va tout de même faire six mois à la Pentecôte que la Brunette porte le veau.

Depuis qu'ils étaient installés, Coindet ne faisait pas de projets. Pendant le trajet de Cantagrel à Dôle, il avait parlé de travailler dans une usine, mais il ne mit aucune hâte à chercher de l'embauche.

— Y a rien qui presse, disait-il à la Jeanne. On a des sous pour voir venir.

La Jeanne approuvait, préférant l'avoir auprès d'elle toute la journée. Pourtant, les heures leur paraissaient vides, ils n'avaient presque rien à se dire et redoutaient le tête-à-tête dans leur chambre. A Cantagrel ou à Cessigney, les conversations s'alimentent du travail de chaque jour, des événements du pays qui appartiennent à chacun. Les propos sur la pluie et le beau temps ne sont pas en l'air, l'apparition du soleil est une affaire de porte-monnaie. Bien qu'il n'eût jamais été communicatif avec l'Aurélie, Coindet, en rentrant d'une journée aux champs, avait toujours des explications à lui donner sur son travail, demandait un avis, envisageait avec elle des projets d'amélioration. Maintenant qu'il avait tout le temps de réfléchir à sa vie passée, Coindet s'expliquait la mélancolie où l'avait jeté la disparition de l'Aurélie. Il comprenait que l'Aurélie avait été sa femme, un être pour lequel il n'avait pas de sentiment bien vif, mais formé à ses habitudes de pensée, un dictionnaire de ses intentions qu'il avait mis plusieurs années à parfaire. Ses amours avec la Jeanne lui paraissaient une aventure moins heureuse que le mariage sans inclination auquel il avait, autrefois, paresseusement consenti.

La vie de labeur où il était accoutumé ne l'avait pas disposé aux aventures sentimentales capables d'occuper tous les instants d'une existence oisive. A six heures du matin, Coindet réveillait la Jeanne et ils s'effrayaient d'une longue journée à épuiser. « On ne sait pas quel temps il va faire », disait la Jeanne. Il donnait son avis et augurait des récoltes prochaines, des siennes en particulier. Après quoi, la Jeanne mettait en discussion le menu du jour et la conversation défaillait, sans objet. Coindet ne s'obligeait à aucun effort pour la ranimer et répondait avec une sécheresse presque rebutante aux balivernes d'amour qu'elle disait.

— Urbain, tu crois que tu m'aimes comme il faut...

— Je te l'ai déjà dit.

Il n'y avait, de sa part, ni mauvaise humeur ni gaucherie. Du vivant de l'Aurélie, il ne s'était pas fait faute de courir le jupon et passait pour adroit galantin, au discours facile. Mais il parlait quand il fallait, comme à la foire. L'affaire faite, disait-il, le boniment n'est plus qu'une fatigue. La Jeanne l'avait connu plus lyrique et ne laissait pas d'être parfois inquiète. Mais il avait des mots d'affirmation dont la brièveté même la rassurait.

— Urbain, des fois je me sens peur quand je pense au Frédéric et à mon père qui sont si opposés de nous voir tous les deux.

— On se mariera le dix décembre.

Une fois, il ajouta :

— Et on ne se mariera pas à Dôle, tu peux me croire.

Il avait parlé avec une espèce de menace dans la voix, mais la Jeanne n'en avait pas tiré de conclusion.

Les premiers jours passés à la ville ne leur furent pas trop monotones. Le spectacle de la rue était une nouveauté agréable, surtout pour la Jeanne. Les événements qui avaient déterminé leur retraite, encore tout frais, furent examinés, commentés avec passion. Coindet, jusqu'au jour de la foire, rendait visite à sa jument trois fois par jour, attentif à ce qu'on ne lui dérobât fourrage ou avoine. Le jeudi après-midi, en voyant sa jument s'éloigner derrière la voiture de Victor, il fut désemparé. Il lui parut qu'une infirmité le reléguait. Au dîner, il écoutait la Jeanne avec une impatience hostile, songeant que si l'Aurélie ne s'était pas pendue, il serait encore à Cantagrel à côté de ses vaches.

Fatigué de la rue, Coindet allait se promener dans la campagne avec la Jeanne. Quelquefois, il partait seul après déjeuner et rentrait le soir à sept heures, hargneux, jaloux des blés qu'il avait vus.

Un jour, il dut rester à la maison, le temps s'était mis à la pluie. Elle tombait continuellement, si serrée qu'ils ne purent sortir. La Jeanne, occupée de travaux ménagers, ne s'ennuyait pas. Assis devant la fenêtre, Coindet la regardait astiquer l'armoire à glace et rallumait à chaque instant une cigarette qu'il avait roulée par désœuvrement.

— A la ville, observa-t-il, c'est pas comme chez nous.

— Par ce temps-là, répondit la Jeanne, c'est bien pareil.

Coindet hocha la tête, voulut lui dire qu'elle n'avait pas compris et pensa que ce n'était pas la peine. Il colla son visage à la vitre et s'absorba dans la contemplation de la maison d'en face. C'était une grande bâtisse à deux étages, sans caractère particulier. Après un quart d'heure d'examen, Coindet prononça sans se retourner :

— Y a de la pierre.

La Jeanne était partie dans la cuisine, la réflexion resta

sans écho. Il continua son examen, compta les barreaux des persiennes et multiplia le chiffre par le nombre de fenêtres. Puis il songea que le calcul n'était pas forcément juste, il compta les barreaux de chaque persienne. L'opération confirma le premier chiffre et il en fut attristé comme si toute la fantaisie de l'existence venait de lui mourir dans les mains. Levant la tête, il regarda le ciel comme il avait l'habitude à Cantagrel. Le ciel, un pan coincé, était gris, uni. La rue, en bas, était déserte, claquée de pluie. Coindet se retourna et vit la maison des persiennes reflétée dans l'armoire à glace. En détresse, il appela la Jeanne.

— Tu ne veux pas que je t'aide à quelque chose?

Une pomme de terre à la main, elle le regarda avec une tendre ironie.

— A quoi que tu serais bon, je te demande.

— Je saurais toujours éplucher des pommes de terre, j'en ai épluché mon compte. Pendant la guerre, une fois, on était en train d'éplucher les patates, y a une compagnie du soixante qui passe devant nous. Je reconnais Juste Blondet, il a été tué le lendemain. On mange bientôt?

— Je vas mettre la soupe en train, dans une heure c'est prêt.

Coindet, lassé du spectacle immobile de la fenêtre, vint lisser ses moustaches devant la glace de la cheminée. Les nombreux bibelots qui encombraient le marbre retinrent son attention. Il prit un sabot de porcelaine rose, le regarda par-dessus, par-dessous.

— C'est bien fait, murmura-t-il, on dirait bien un sabot.

En voulant replacer l'objet, il le laissa tomber sur le parquet. Coindet jura en sourdine et se hâta de ramasser les morceaux.

— Ils le verront peut-être pas. On ne devrait pas toucher à ces choses-là non plus. C'est délicat.

En enveloppant les débris dans un journal, il jetait un regard de rancune sur le décor de la chambre. L'étrangeté de sa présence parmi ces glaces, ces descentes de lit et ces candélabres dorés le choqua. Une minute, il fut étonné jusqu'à sourire, puis grommela :

— De quoi que j'ai l'air. Y en a plus d'un de là-bas qui rirait de me voir comme ça. Quand je pense que c'est de la faute à Frédéric...

Coindet s'assit dans le fauteuil. Comme il levait la tête, son regard buta sur le mur gris de la maison aux persiennes. Alors il évoqua Frédéric Brégard marchant à grands pas dans la forêt mouillée; libre, crachant où il voulait, pissant contre un chêne costaud, puis débouchant sur la plaine, en face des espaces dociles. Coindet soupira plus fort, calcula que la chambre avait à peine sept mètres sur six. S'il quittait le fauteuil, il avait un pas à faire pour s'asseoir sur une chaise, de là un autre pas jusqu'au lit. Il lui fallait marcher avec prudence pour ne pas bousculer un meuble ou casser quelque objet. Les murs se touchaient, autant dire, et il avait chaud rien qu'à respirer. Pendant ce temps-là, le Brégard n'en finissait pas de déambuler par les bois et par les plaines, le fusil derrière

153

l'épaule, sifflant ce qui lui passait par la tête. Dans ce même instant, peut-être bien qu'il arpentait la Table-aux-Crevés, écrasant le blé à Coindet sous ses godasses immenses. Exprès, bien entendu. La main de Coindet se crispa sur le bras du fauteuil comme sur la crosse d'un fusil.

— Si je le savais, Bon Dieu, si je le savais. L'enfant de fille...

La Jeanne entrait dans la chambre pour dresser le couvert sur la petite table de bois laqué blanc que Coindet culbutait au moins deux fois par jour. Il s'avisa brusquement de sa présence et lui demanda, à brûle-pourpoint :

— Qu'est-ce qu'il fait le Frédéric?

Interloquée, elle s'arrêta pour le regarder. Coindet continuait :

— J'en ai assez de le voir marauder dans mes champs. Tu pourras lui dire...

La Jeanne ne comprenait pas, il vit son effarement, mesura l'étrangeté de ses propos. En rougissant, il dit d'une voix radoucie :

— La soupe est prête? Je commence d'avoir faim, tu sais.

— C'est tout prêt, mais qu'est-ce que tu me racontais avec le Frédéric?

— Rien, des bêtises. Je me réveillais.

Pendant le repas, il voulut être gai, fit des plaisanteries sur les logeurs. La Jeanne riait de l'entendre imiter, avec une petite voix de tête, les intonations distinguées de la propriétaire. Mais il ne put soutenir jusqu'à la fin du déjeuner cette explosion de gaieté. Comme la Jeanne mettait le fromage sur la table, il interrogea :

— Quand il pleut comme voilà aujourd'hui, qu'est-ce qu'il fait, le Frédéric ?

— Ça dépend; des fois il bricole dans la maison, soit à emmancher des outils ou à faire une cage à poulets, est-ce que je sais... Ou bien il prend son fusil et le voilà parti dans les bois.

— Dans les bois, répéta Coindet.

Il arracha un peu de mie à son morceau de pain, en fit une boule qu'il pétrit distraitement. Puis il prononça lentement en appuyant sur la Jeanne un regard où elle sentit le reproche :

— C'est tout de même ce citoyen-là qui m'a obligé à venir ici. Dis le contraire.

Elle baissa la tête, bouleversée d'avoir perçu un commencement de rancune contre elle-même dans ces paroles qui voulaient la rendre solidaire du Frédéric. Coindet quitta la table sans toucher au fromage et alla s'asseoir contre la fenêtre, devant la façade grise. Elle le suivit timidement, sur la pointe des pieds, lui passa un bras autour du cou et dit à voix basse :

— C'est de ma faute, si, va, je sais bien que c'est de ma faute. Si tu veux, je retournerai à Cessigney, toi tu pourras rentrer chez toi. Je ne veux pas te gêner. Ça m'empêchera pas de t'aimer comme avant, bien sûr...

Coindet calculait. S'il avait pu oublier, disparaître sans jamais savoir la suite... Mais non, c'était impossible.

Même s'il avait pu ne pas savoir la suite. Il ne craignait pas tant le remords que l'arrachement, l'amour pitoyable de la dernière minute. Il prit le parti d'être ému et donna sans résistance dans le piège que la Jeanne lui avait tendu d'instinct.

— Y a rien qui puisse nous séparer qu'un coup de fusil, dit-il.

Avec emportement, ils s'embrassèrent. Et parce que le lit était à côté, ils crurent que toutes les paroles d'impatience avaient un sens détourné. Au sortir de l'étreinte, Coindet observa d'une voix dolente :

— Il pleut toujours, y en a pour jusqu'à la nuit.

Il bâilla et tandis que la Jeanne desservait la table, ajouta :

— Tout à l'heure, tu me donneras du papier, j'ai envie d'écrire à Victor.

Pendant qu'elle raccommodait, Coindet écrivit sa lettre.

« Mon cher Victor. Je t'écris cette lettre pour te dire que je suis en bonne santé. Comment vas-tu, toi? J'espère que mes bêtes sont bien accoutumées à ton écurie et que ça ne te donne pas trop de mal. J'ai à te recommander de faire attention à la Brunette et de lui donner du vert tant que tu peux, mais dis bien au gamin de faire attention qu'elle aille pas se gonfler de trèfle. Je dis ça à cause des trèfles et des luzernes qui sont à côté des communaux de la Rivière. Pour la jument, donne-lui ce qu'il faut d'avoine, mais pas plus, elle te donnerait du mal pour la tenir. Tiens-moi au courant du nouveau dans le pays et ailleurs. J'aurais voulu t'écrire

156

davantage, mais tu sais bien ce que c'est. A bientôt de tes nouvelles, j'espère, et je te donne la main sincèrement. »

Coindet fut mécontent de sa lettre. Tout à l'heure, il avait tant de choses à dire qu'il croyait bien remplir les quatre pages de son papier et au moment d'écrire, toutes les confidences qu'il sentait déborder de son cœur lui étaient apparues comme des indiscrétions désobligeantes pour la Jeanne. Au lieu d'avouer qu'il s'ennuyait, il avait préféré ne pas parler de sa vie à Dôle.

La Jeanne fit les frais de sa mauvaise humeur, il ne lui adressait la parole que pour lamenter la monotonie des heures. Une grande partie de l'après-midi, il resta le nez sur la vitre à regarder tomber la pluie, se levant à de rares intervalles pour arpenter la chambre d'un air rageur. Une fois qu'il sacrait contre le mauvais temps, la Jeanne quitta la chaise où elle cousait, vint appuyer sa tête contre la sienne.

— Ne t'énerve pas comme ça. Dans le temps, t'étais si gai, c'est vrai, tu chantais tout le temps. Je ne te reconnais plus. Pourquoi que tu chantes pas, ça te distrairait.

Coindet la repoussa et répondit :

— Y a pas deux mois que j'ai perdu ma femme.

La Jeanne ne pleura pas, mais le soir, dans leur lit, elle pria jusqu'à une heure avancée et fit vœu, si le cœur de Coindet lui restait, d'enterrer au pied de la Grande Pierre des Trois Sentiers un panier de fraises des bois, une pièce de monnaie et deux abattis de pintade ficelés en croix.

Coindet avait convenu avec les propriétaires qu'il paie-
rait la chambre à la quinzaine et d'avance. Quinze jours
écoulés, il remit vingt-cinq francs à la Jeanne.

— Tu leur diras que maintenant je paie à la semaine.
S'ils ne sont pas contents, tu les enverras promener.

Coindet n'aimait pas les logeurs et raillait la dignité
de leur maintien. C'étaient des gens paisibles qui met-
taient la clé sous le paillasson lorsqu'ils s'absentaient l'un
après l'autre. Lui était retraité des chemins de fer. Il
fumait du caporal ordinaire dans des pipes sans défauts
en ruminant les faits divers qu'il avait recueillis dans son
journal du matin. Il était sentencieux, aimait la pêche
à la ligne. Compagne irréprochable, sa femme vivait dans
une vénération païenne de son époux, ne soupçonnant pas
que la nature impartît même privilège à tous les hommes.
Parmi les housses de leurs fauteuils et les relents de
cuisine mijotée, les époux vivaient sans bruit, sans enfants, sans animaux. On disait qu'ils étaient des époux
modèles et l'odeur de leurs vertus était agréable à leur
propriétaire, car ils payaient toujours au comptant.

L'installation des Coindet avait troublé la paix du
logis. Ces Coindet, ils parlaient haut, riaient à grands
coups de gosier, n'essuyaient pas leurs pieds sur le paillasson et cavalcadaient à semelles battantes sur le parquet
sonore. Déjà les locataires de l'étage inférieur se plai-
gnaient du potin qu'on leur menait sur la tête. Aussi
bien Coindet manquait-il d'éducation; dans l'escalier,
il en usait trop familièrement avec des personnes qu'il ne
connaissait pas, demandait « si ça roulait toujours ». Plu-

sieurs locataires, du monde très convenable, s'étaient montrés offusqués du sans-gêne.

— Tu verras, disait l'hôtesse à son époux, qu'un de ces jours ils remettront leurs sabots.

S'il avait pensé à mettre des sabots, Coindet n'y eût pas manqué. Outre l'éloignement que lui inspiraient ces citadins propres, il ressentait vivement l'injure de leur attitude à son égard. En sa présence, ils avaient toujours l'air de pincer les narines, comme s'ils avaient reniflé le fumier. Ce dédain hostile, d'une expression sobre, enrageait Coindet.

— Qu'est-ce qu'ils ne se croient pas, disait-il à la Jeanne. C'est arrogant parce que ça a du meuble et quatre sous de retraite. Mais je ne changerais pas tout ce qu'ils ont seulement contre la Table-aux-Crevés.

La Jeanne protestait mollement :

— Ça n'est pas du mauvais monde. Ils ont les idées d'ici, qu'est-ce que tu veux.

— Tais-toi donc, des aristocrates qui voudraient nous dominer. Ah oui, les idées de la ville, c'est du propre. Ça vaut encore mieux de manger son lard chez soi que de la galantine au milieu de ces gens-là.

Les relations entre Coindet et ses logeurs étaient heureusement assez lâches, bornées à quelques rencontres sur le palier ou dans la cuisine et, quoiqu'elles suffissent à entretenir une aversion réciproque, assez cordiales d'apparence.

Avant de sortir, Coindet renouvela ses recommandations à la Jeanne.

— Paie-leur une semaine d'avance, mais s'ils font des manières la moindre des choses, ne te mets pas à genoux. Avec ces gens-là, il faut parler fort ou ils se croient tout permis.

Il quitta la chambre en claquant de la semelle sur le plancher aussi fort qu'il était possible. Dehors, il s'engagea dans les vieilles rues montant de l'hôpital au palais de justice. Coindet n'avait pas un regard pour les vieilles maisons de la Comté espagnole où les épouses de jadis s'engraissaient doucement derrière les fenêtres aux barreaux ventrus en attendant le plaisir de quelque serviteur basané de Sa Majesté Catholique. Il songeait qu'avant quinze jours on commencerait à faucher les prés et que sa jument grise, attelée à la faucheuse, pourrait faire du bon travail. Comme il passait devant le portail du palais de justice, il heurta un gendarme qui sortait.

— Alors, Coindet, tu es borgne, c'est pas possible, dit le gendarme en riant.

— Tiens, ce sacré brigadier de sergent Jeantet! Depuis que t'es passé brigadier, on ne te voit plus guère à Cantagrel.

— Ma foi, j'y suis pas retourné depuis que j'ai arrêté ce vaurien de Brégard. Ça fait bien six mois.

Coindet avait froncé les sourcils et regardait le brigadier.

— C'est vrai, murmura-t-il, que c'est toi qui l'as arrêté...

Il sourit avec un air d'insouciance et proposa un litre de vin blanc. Attablés l'un en face de l'autre, ils remuèrent des souvenirs de régiment. Coindet amena la conversation sur la profession de gendarme, parut s'intéresser aux exploits du brigadier.

— Ça ne fait rien, dit-il, quand tu es pour arrêter un homme comme Brégard, tu donnerais bien ta place.

— Brégard? s'il n'y avait que des Brégard pour me faire peur...

— On dit ça...

— On dit ça? mais non, Brégard y a pas plus mauvais sujet, mais il est comme tous ceux de Cessigney. C'est le diable pour les prendre la main dans le sac. Une fois pris, ils abattent leurs cartes.

— Oui, d'une façon, t'as raison. Le plus dur était déjà fait. Toi tu n'as fait que de lui mettre la main au collet, ça n'était pas une besogne de brigadier. Par exemple, celui qui a découvert le truc de Brégard, ça devait être un tout malin...

Jeantet, flatté, l'interrompit :

— Dis donc, est-ce que tu me prends pour une panade, par hasard, est-ce que tu crois que je ne suis pas capable de mener une enquête tout seul?

— C'est pas ce que je veux dire, mais pour ce coup-là... après tout, peut-être bien que c'est toi qui as découvert la chose.

— Peut-être bien? Je pense bien, oui, que c'est moi. Et ça faisait un moment que je le guignais, tu sais...

— Tu ne m'en as jamais parlé, en tout cas, observa Coindet.

— Pas de danger, pour que tu le mettes sur ses gardes,

je te connais. Voilà justement où c'était difficile, personne de Cessigney qui m'aurait aidé naturellement, et à Cantagrel non plus. Alors? essayer de le prendre dans les bois avec son ballot de contrebande. Il se fichait bien de moi, dans les bois. Un coup de hasard, voilà ce qu'il fallait. Un matin que j'étais en tournée avec Porteret, je rencontre Capucet entre Cantagrel et Cessigney. Justement, je descendais de cheval pour desserrer un peu la sangle. On se met à causer sans penser à rien, quand je vois deux individus qui venaient de Cantagrel quitter la route et prendre la direction des bois du côté opposé à Cessigney. Je dis à Capucet, manière de plaisanter : « Ils vont aux champignons, ces deux-là? » Capucet les regarde. « Je pense pas, qu'il me dit, ça doit être des horlogers. Tout à l'heure, au café, le plus grand disait à l'autre que les montres devaient être arrivées. Ils ont parlé aussi de tabac. »

Jeantet toucha l'épaule de Coindet.

— Qu'est-ce que tu aurais fait à ma place?

— Belle question, j'aurais couru après mes deux hommes. Si j'avais été gendarme, bien entendu.

— Voilà, j'en étais sûr, triompha le brigadier. Mais non, c'était une bêtise de courir après deux garnements qui nous auraient semés dans le bois. Pas si bête, moi, je cuisine Capucet tout doucement. Je parle du hameau et puis de Brégard. L'autre, sans méfiance, — comment qu'il aurait pu se méfier? — me raconte qu'il avait été à Cessigney la veille, que le Frédéric était parti mais qu'on l'attendait pour la fin de la journée. J'en savais assez.

Je fais signe à Porteret et nous voilà partis au grand galop chez Brégard. Les montres et le tabac, que je lui demande en arrivant, je sais tout. Lui, qui attendait les deux individus, m'a tout de suite donné la contrebande. Il avait peur qu'ils arrivent pendant qu'on était là. Y avait pas de danger. Mais ce pauvre Brégard, je crois qu'il en est pas encore revenu de cette affaire-là.

— Non, dit Coindet, il en est pas encore revenu.

— Cet imbécile, aussi, s'il avait voulu donner ses deux copains, il n'aurait pas attrapé six mois. Il doit être sorti maintenant. Il me fera un mauvais œil, quand je retournerai là-bas. Tiens, je dois justement aller à Cantagrel la semaine prochaine. Je passerai te dire bonjour.

— C'est ça, approuva Coindet. Et si t'as le temps, viens manger la soupe chez nous. J'ai oublié de te dire que ma femme s'était pendue le mois dernier.

XII

Coindet était rentré, on ne savait quand ni comment, mais Guste Aubinel l'avait aperçu dans la matinée sur le pas de sa cuisine. Il n'avait pas l'air de se cacher. Jusqu'à midi, la nouvelle resta cantonnée dans le quartier de Coindet, en deçà de la route de Blévans. L'Hortense Aubinel en allant s'approvisionner chez la Cornette, apprit l'événement à la grande Clotilde et à la Bossue de la Maison Neuve. La Bossue répondit qu'elle n'en était pas bien surprise, car ses voix lui en avaient déjà dit quelque chose.

— Elles m'ont même raconté des affaires que ce n'est pas à répéter, vu que ça pourrait nuire à qui vous savez.

— C'est sûrement pas des compliments pour l'autre sainte Nitouche de Jeanne Brégard, dit la grande Clotilde.

L'Hortense Aubinel joignit ses mains sur son ventre pointu et plaida la cause de la Jeanne.

— C'est pas une mauvaise fille, c'te Jeanne, sage, travailleuse. Il a fallu que ça soit l'autre cochon de Coindet

164

qui vienne la débaucher avec des raisonnements révolutionnaires. On dit qu'il se donne des airs de libre penseur, il lui aura monté la tête avec ça. Encore de la politique...

La Cornette hocha la tête d'un air de doute. Elle avait une grande habitude des professions de foi, républicaines ou réactionnaires, prononcées autour des canettes de bière. Elle n'y avait jamais discerné un appel insidieux aux passions charnelles.

— Ce qu'y a, dit-elle, et ce qu'il faut reconnaître, c'est qu'il serait pas vilain garçon.

La Bossue de la Maison Neuve approuva, non sans chaleur.

— Pour moi, c'est elle qui l'aura cherché. Après tout, comme je disais à la Léontine Milouin, ça ne vaut pas de faire tant d'histoires, s'ils se conviennent.

Les trente années que la Bossue avait passées à initier les galopins de Cantagrel l'avaient inclinée à beaucoup d'indulgence pour l'inconduite des filles. Et même depuis qu'elle avait de la religion, ses voix ne l'enseignaient pas dans l'austérité absolue. La grande Clotilde, de qui beaucoup d'hommes réputaient le modelé des cuisses, affichait plus de rigorisme.

— Je ne suis pas de ton avis, dit-elle. Une chose comme celle-là, on ne la laisse pas passer sans rien dire. Moi ça me révolte de voir une petite roulure qui vient aguicher un homme que la tombe de sa défunte est encore molle. Un homme tout seul, ça n'a pas de défense. Pardi, j'aurais pu en faire autant si je m'étais mis dans la tête de le tourmenter.

— Pour tout dire, les hommes sont bien dégoûtants aussi, affirma l'Hortense Aubinel. Ça ne pense qu'à la chose.

La Cornette songea avec mélancolie à Corne l'insuffisant et au matelot qui était reparti pour des océans.

— En tout cas, reprit la grande Clotilde, j'espère bien qu'elle osera pas remettre les pieds au pays. Ça sera sa punition.

La Cornette crut devoir approuver parce qu'elle était dans le commerce; elle le fit avec modération, mais la femme d'Aubinel y fut plus spontanée et la Bossue de la Maison Neuve, avec une pointe de rancune, ajouta :

— Pourquoi qu'elle n'est pas restée dans ses bois, d'abord. Y a déjà pas trop d'hommes à Cantagrel.

L'argument trouva un écho dans le cœur de la grande Clotilde qui se pencha sur le comptoir pour informer d'un bruit scandaleux. Dans l'instant, le timbre de la porte sonna, la Jeanne entra avec un filet à provisions.

— Bonjour, dit-elle, je viens prendre de l'épicerie, y en a besoin.

Elle vint au comptoir sans le moindre embarras, demanda des nouvelles de Corne, félicita la Cornette sur sa bonne mine. La Cornette répondait avec amabilité, un peu gênée par le silence des trois autres qui avaient reculé au fond de la boutique pour improbation.

— Tu me donneras du bon café, dit la Jeanne, le meilleur. Urbain aime bien que le café soit bon. Il serait plutôt un peu gourmand...

166

— Question de café, je suis pareille que lui, dit la Cornette.

— Je vas prendre aussi du macaroni. C'est pas qu'on y tienne, mais des fois ça rend service. Quoique le jardin ne vienne pas mal.

La femme de Guste Aubinel, qui avait écouté avec une muette indignation, ne se contint pas davantage. Elle fit un pas vers la Jeanne et lui lança rageusement :

— Il a pas dû te donner beaucoup de mal, ton jardin. Celle qui l'a planté serait sûrement pas fière de voir son homme installer une gueuse du bois dans sa maison.

L'Hortense cracha sur le plancher et sortit avec raideur, sous l'œil inquiet de la Cornette qui craignit d'avoir perdu une cliente. L'incident ne parut pas avoir troublé la Jeanne. Elle sortit une liste de la poche de son tablier pour vérifier qu'elle n'oubliait rien.

— Tiens, je pensais plus de prendre un paquet de tabac pour l'Urbain.

Au fond de la boutique, la grande Clotilde se penchait sur l'oreille de la Bossue de la Maison Neuve. La confidence était piquante, les deux femmes éclatèrent d'un rire contenu, comme la politesse veut, plein de sous-entendus. La Jeanne vira des épaules, les regarda un instant avec sérénité. Elle dit à la Bossue de la Maison Neuve :

— T'as toujours pas grandi, pendant que j'étais pas là.

Elle rit avec un plaisir évident et ajouta :

— C'est comme la grande Clotilde, y a encore pas un poil gris dans ses moustaches.

Consternée, la Cornette essayait, par des signes et des clins d'yeux, d'apaiser les deux commères, la grande Clotilde, surtout, que cette allusion à sa lèvre poilue avait secouée de rage. Elle ne savait pas accueillir l'injure avec le silence des forts. On l'entendit bien. La Jeanne écouta les insultes comme si elle s'en fût amusée, avec un sourire d'encouragement qui précipita la colère de la grande Clotilde : toute sa fureur se tourna contre la Cornette :

— Si je me fais insulter, c'est de ta faute aussi. Ça n'aurait pas été, si tu n'acceptais pas chez toi une peau comme celle-là. Mais, comme on dit, qui se ressemble s'assemble. Une traînée des bois de l'Etang, c'est bon pour aller avec une fille de l'Assistance. Maintenant je saurai où aller acheter mon épicerie.

Elle sortit avec fracas, tirant par la main, comme elle eût fait d'une gamine, la Bossue de la Maison Neuve qui n'avait pas eu le temps de placer une parole.

A deux heures après-midi, tout Cantagrel connut le retour de Coindet avec la Jeanne Brégard. La nouvelle n'émut guère que les femmes et peut-être eût-elle prêté à de maigres commentaires si l'Hortense Aubinel, la Bossue et la grande Clotilde n'avaient eu à cœur de faire partager leur indignation. On apprit, avec tous les détails, l'entrée de la Jeanne dans l'épicerie, sa tranquillité, son arrogance. Les hommes l'en admiraient, riant de ses répliques à la Bossue et à la grande Clotilde. Ils blâmaient encore la faute de Coindet, son infidélité au souvenir de l'Aurélie, mais ils étaient secrètement flattés qu'un des leurs eût enlevé une fille de Cessigney.

Il n'avait pas manqué de courage et, qu'il osât revenir avec elle, les frappait d'une stupeur respectueuse.

— Ce qui est sûr, disaient-ils, c'est qu'elle est toquée de Coindet, comme lui l'a été pour partir dans un moment que le travail ne manque pas chez lui.

Et ils s'attendrissaient un peu sur cette galante aventure, qui ne leur coûtait pas un sou, ne leur causait nul dommage, après tout.

— Dans six mois, disait Francis Boquillot, ils se marieront. Ça fera un ménage qu'y aura rien à dire.

Chez les Milouin, la nouvelle mit toute la famille sur les dents. Le vieux, en apprenant le départ de Coindet, s'était réjoui, il avait pensé que la crainte de Frédéric Brégard l'empêcherait à jamais de rentrer au pays et il s'attendait à chaque instant à voir mettre en vente les champs et la maison de son gendre.

— J'achèterai la Table-aux-Crevés et la maison. Ça sera pour la deuxième qui se mariera.

Ils connurent le retour de Coindet comme les fiançailles de la cadette venaient d'être rompues. Le vieux ne décolérait pas et injuriait ses filles sans respirer : des imbéciles qui n'étaient pas fichues d'accrocher un homme tandis qu'une gamine de vingt ans venait leur souffler sous le nez leur propre beau-frère. Il ne comprenait pas comment lui, Milouin, avait pu faire des filles comme ça. C'était bien le portrait de leur mère, oui...

Trois semaines auparavant, lorsque la fugue des amants fut constatée, les Milouin avaient vécu des jours enivrants. On n'entendait qu'eux dans tout Cantagrel.

— Qu'est-ce qu'on avait dit? hein, à peine un mois après la mort de l'Aurélie, il part avec une gadoue, vous ne direz pas que c'est naturel.

Et ils donnaient à entendre que le meurtre de leur fille avait été médité pour permettre cette fuite. De fait, les apparences n'étaient guère favorables à Coindet et, le moins qu'on pût dire était déjà sévère : il n'avait pas regretté sa femme bien longtemps. En général, la conduite de Coindet fut très critiquée et les soupçons, devant les arguments de Milouin, n'étaient pas loin de s'affirmer. Bientôt, Victor Truchot, Forgeral et quelques autres furent seuls à maintenir d'une façon catégorique leur premier jugement sur le suicide de l'Aurélie. Puis, la cause devint si mauvaise que Forgeral s'abstint de la plaider devant des auditeurs prévenus qui devaient voter l'année suivante. Au bout d'une semaine, Truchot resta seul à proclamer la blancheur de Coindet. Capucet l'y aidait avec cœur, mais ses arguments n'étaient pas appréciés.

Cependant, les Milouin triomphaient sans retenue. Le vieux avait pris possession de la tombe de l'Aurélie et commandé une nouvelle couronne d'un modèle semblable à celui que le frère de Coindet avait remisé au placard le jour de l'enterrement. Il se garda d'ôter la couronne de son gendre, car l'ironie de l'inscription « A mon épouse regrettée » n'échappait à personne et manifestait contre Coindet.

Au sortir de la messe, les gens faisaient cercle autour

de la tombe et les femmes n'avaient pas assez de paroles sévères pour blâmer la conduite d'un mari indigne, parti *gauillarder* après un mois de veuvage. La Léontine Milouin, agenouillée sur l'herbe, pleurait dans son mouchoir. Parfois, elle se plaignait à haute voix et murmurait :

— Ah, qu'y a des hommes qui sont donc salauds, mon Dieu.

Les assistants n'étaient pas émus. Ils voyaient bien la comédie, mais n'osant pas en convenir ouvertement, ils étaient obligés d'en tenir compte dans leurs commentaires et de porter la douleur d'une mère au débit de Coindet.

Milouin aurait dû se contenter d'un succès déjà flatteur, mais il n'oubliait pas l'humiliation de l'enterrement civil et voulut faire éclater l'indignité de son gendre. Un soir, Milouin se rendit à la cure et, fort de l'inconduite de Coindet, des rumeurs perfides qu'il avait accréditées à Cantagrel, réclama au curé un service religieux à la mémoire de l'Aurélie.

— On pourrait même faire une chose, ça serait de la déterrer. Le cercueil a sûrement point de mal, on le ferait passer à l'église. Pour Forgeral, je trouverais toujours moyen de m'arranger...

Le curé le mit à la porte. La démarche du vieux lui avait révélé la campagne de calomnies qui était menée contre Coindet. Dès le lendemain il s'occupa d'y mettre un terme et s'en alla, de porte en porte, solliciter les consciences des paroissiens. Tout de suite il entrait dans le vif du sujet, examinait la conduite de Coindet en isolant le péché de chair. Revenant alors sur le péché, il le déclarait abominable, mais glissait à un éloge de l'amour qui l'entraînait parfois sur des chemins périlleux, quoiqu'il ne sortît pas des évangiles. Puis il opposait aux passions généreuses la jalousie et la haine. Le dimanche qui précéda le retour de Coindet, il en fit le sujet d'un sermon. En quelques jours, il eut opéré un revirement dans l'opinion. Les hommes, plus accessibles que les femmes à la générosité, plus indulgents aussi aux fautes dont ils se sentaient capables, se rendirent tout de suite à l'éloquence de l'abbé. Il fut établi, une bonne fois, que l'Aurélie s'était suicidée. Les femmes en convenaient aussi, mais n'en continuaient pas moins à Coindet le reproche d'indécence. Il aurait dû attendre trois ou quatre mois, au moins tenir ses amours secrètes. Certaines épouses, en considérant cet empressement, auguraient mal de la fidélité de leurs hommes. Noël Frelet, que son grand âge et ses rhumatismes semblaient devoir mettre hors de cause, s'entendait à chaque instant répéter par sa femme :

— Si je venais à passer, y a pas besoin de demander ce que tu ferais, vieux bête. Je peux le dire, c'est encore une chance que tu aies tes rhumatismes. Grand galvaudeux, à ton âge. Ça ne peut seulement pas se tenir debout tout seul.

Milouin perdait chaque jour du terrain, il dut abandonner l'accusation de meurtre qu'il avait étayée contre Coindet. Il essayait d'exploiter l'inconstance du veuf, mais on lui faisait comprendre qu'il rabâchait. Un jour qu'il pleurait sur l'Aurélie avec une insistance un peu hors de propos, Francis Boquillot lui dit avec bonhomie :

— C'est la vérité que tu n'as pas de chance. Pour une fois que t'avais trouvé un gendre...

L'aventure tournait un peu à la farce, une mauvaise farce pour Milouin.

Le vieux, déjà mal vu au hameau avant le départ de Coindet, y était honni depuis qu'il avait parlé d'une Brégard avec une irrévérence qu'il devait regretter. Chez la Cornette, Rambarde avait dit bien haut qu'il casserait les reins à Milouin s'il lui adressait jamais la parole. La Jeanne avait fait à son plaisir, cela regardait les Brégard; un paysan du plat n'avait pas à en faire des contes, surtout le Milouin. Qu'il ne s'avisât donc point de remettre les pieds à Cessigney.

Le soir de la réapparition de Coindet, la Léontine Milouin crut bien que son homme devenait fou. Pendant que la cadette dressait la table pour le dîner, il l'avait prise à la gorge et, la secouant avec une vigueur qu'on n'eût point soupçonnée chez ce vieux, il s'était pris à hurler :

— C'te gueule qu'elle a, vingt Dieux, c'te gueule! mais regardez-moi c'te gueule si on ne dirait pas tout le cul d'un singe!

Et il continuait, après que la Léontine lui eut arraché sa fille :

— Regardez la bourrique. On lui trouve un homme, on court tout le canton pour lui mettre un homme dans les bras, elle trouve encore moyen de le dégoûter. Mais enfin, quand on a un museau comme voilà le tien, on fait voir autre chose, au moins. Bourrique, t'as pas su le garder, hein, bourrique, mais je te dis que tu te marieras quand même. Tu te marieras avec le Coindet, arrange-toi comme tu pourras ou je te mets à la porte. Avec le Coindet, t'as compris. Le Coindet!

Il n'en démordait pas. Réfugiée dans un coin de la cuisine, la malheureuse le regardait avec des yeux hébétés et répondait d'une voix morne :

— Avec Coindet, oui papa, avec Coindet.

Le lendemain matin, sa fureur calmée, le vieux dit à sa fille de s'habiller :

— Ne mets pas de chapeau, que ça te donne une tête à gifles. Tu t'en iras dans la coupe à Pottier, près de la Réserve de Sergenaux. Tu t'arrangeras pour voir Rambarde et tu t'assiéras à côté de lui. T'as des bons mollets, il refusera pas de te causer. Tu lui diras que tu vas à Sergenaux, tu parleras de choses et d'autres et puis du retour de Coindet, au cas où il ne saurait rien. A tout hasard, tu lui diras que Coindet est venu me trouver pour te demander en mariage, mais que tu n'es pas décidée à cause de la Jeanne qu'il aurait engrossée.

Rambarde écouta sans l'interrompre la fille de Milouin et, à l'annonce du mariage projeté par Coindet, conclut simplement :

— Si ça arrivait, le Frédéric serait bien vengé.

Pourtant il eut égard aux mollets de la cadette qu'il renversa au pied d'un chêne.

Frédéric Brégard n'avait pas besoin qu'on lui apprît le retour de Coindet. Chaque matin en allant à la coupe de Pottier, le soir en regagnant le hameau, il s'avançait jusqu'à la lisière du bois, jetait un regard sur la maison de Coindet. Il savait qu'un jour ou l'autre Coindet reviendrait à Cantagrel et il l'attendait sans impatience, très sûr de lui.

— Une fois qu'il sera là, disait-il à Rambarde, je l'aurai quand je voudrai et je n'aurai pas besoin d'aller le chercher chez lui. J'attendrai qu'il vienne faucher la Table-aux-Crevés, contre le bois. Faudra bien qu'il y vienne. Moi, à couvert, je te le tirerai comme un lapin, tu penses. Après ça, je le couche dans un taillis et je saute à bicyclette. Le temps qu'on le trouve, qu'on prévienne les gendarmes, moi je suis en Suisse.

Rambarde, malgré sa haine de Coindet, combattait le projet du Frédéric.

— Il fallait le faire avant, disait-il. Maintenant, à quoi que ça sert. Il vaut mieux de les laisser se marier, surtout pour ta sœur. Coindet, il est ce qu'il est, mais il ne la rendra pas malheureuse. Je te dis, reste tranquille.

Mais la décision du Frédéric n'était pas en l'air. Coindet l'avait dénoncé, Coindet avait pris la Jeanne; c'était l'affaire d'un coup de fusil.

— Tu me dis qu'il la rendra pas malheureuse, mais je te cause pas de ça. Il serait doux comme du poil, ton Coindet, que je le condamnerais tout de même. Pourtant, je ne suis pas le mauvais homme. Il n'aurait pas été parti, le matin que je suis allé rechercher la Jeanne, ça pouvait encore s'arranger. Je ramenais ma sœur et, à lui, je lui appliquais un coup de crosse sur le nez, pour lui apprendre les bonnes façons. Ça pouvait aller. Et encore, je dis ça maintenant...

Le matin qu'il aperçut les persiennes ouvertes chez Coindet, Brégard eut un mouvement de joie. Adossé à un arbre, sa hache sur l'épaule, il regardait cette maison ressuscitée où entrerait bientôt un cadavre lourd de plomb.

— Ce coup-là, pensait-il, je l'ai. Pas moyen de m'échapper. Il ne viendra pas à la Table-aux-Crevés demain, mais il y viendra dans huit jours, dans quinze.

Il vit Coindet sortir de sa cuisine, s arrêter au milieu de la cour, le dos tourné à la forêt. Avec un commencement d'émotion, le Frédéric suivait les gestes de cet ami d'autrefois, un dur travailleur, de plein muscle, à l'humeur gaillarde, qui mourrait la première fois qu'il s'en irait faucher la Table-aux-Crevés. Maintenant, Coindet marchait lentement dans la cour. Brégard le vit se baisser, jeter quelque chose vers la haie, une pierre probablement. Le Frédéric avait posé sa hache et penchait le buste en avant, comme s'il eût voulu voir de plus près, toucher son homme. Coindet lui paraissait formidable, il eut un léger tremblement à songer que tant de vie était à sa merci. Les gestes simples accomplis par Coindet le bouleversaient, lui mouillaient les yeux. Il eut peur d'aimer cet homme-là et, voyant s'ouvrir la fenêtre de la cuisine, il ramassa vivement sa cognée, s'enfonça dans le bois en geignant :

— Ah, je veux pas la voir, notre Jeanne, notre fille...

Arrivé à la coupe, il attaqua un chêne à grandes volées de hache, sans prendre le temps de retirer sa veste. La sueur ruisselait sur son visage, lorsque Rambarde arriva.

— On voit bien que t'es aux pièces, tu perds point de temps.

Le Frédéric laissa tomber sa hache et dit en ôtant sa veste :

— Y a Coindet qu'est rentré.

Rambarde ne répondit pas tout de suite, regarda longuement le Frédéric qui détourna son regard.

— Si c'était pas qu'on soit content tout de même de sentir la Jeanne par ici, dit Rambarde, je crois que ça aurait mieux valu qu'il ne revienne jamais, Frédéric?

— Mon vieux.

Ils s'étaient assis par terre, coude à coude. Ils n'osaient pas se regarder. La voix mal assurée, Brégard dit :

— Va falloir que je nettoie mon fusil. Je l'avais graissé. J'aurais pas cru...

Rambarde ne répondait pas et maniait un éclat de bois que la hache du Frédéric avait fait gicler de l'entaille toute fraîche.

— J'aurais pas cru, reprit Brégard, qu'il serait revenu aussitôt. Dans mon idée. Je le regardais tout à l'heure, il était devant chez lui. J'aurais pas cru...

Sa voix s'étranglait. Il se gonfla d'air frais et continua d'une voix plus ferme :

— Quoi, il va commencer par ses prés du Champ Debout. Et puis, ça lui fera tout de même ses trente-quatre ans. Il est de la classe quatorze. Mais cause-moi donc, t'es là que tu me dis rien...

Rambarde parut s'éveiller. Il s'agenouilla contre Brégard, lui posa les deux mains sur les épaules et, les yeux enfiévrés, dit tout d'une haleine :

— C'est décidé, il est condamné? t'as bien réfléchi, hein. Alors, laisse-moi-le. C'est moi qui l'abattrai, c'est moi, ça me revient à moi. Et c'est pas dans quinze jours, c'est tout de suite que je le veux. Tout de suite, qu'est-ce que ça peut te faire, il est foutu.

Brégard le repoussa avec force et se releva.

— T'es pas tombé sur la tête, des fois. Que je te le laisse? Est-ce qu'il t'a vendu aux gendarmes? Est-ce qu'il a sauté ta sœur? Ah, oui, t'es amoureux que tu vas me dire. Alors, où c'est que t'as vu qu'on tuait les gens pour des histoires de rien. Reste tranquille, t'as compris, moi je te défends de me le toucher, je te défends...

XIII

Coindet posa ses deux seaux à la porte de l'écurie et gagna la cuisine où la Jeanne tournait le moulin à café. Le visage réjoui, il dit en serrant la ceinture de son pantalon :

— Ah, le Victor, on peut dire qu'il les a bichonnées, nos vaches. Je suis sûr que la Rouge fait ses quinze litres. C'est pareil que la jument. Si tu la voyais jinguer, tu dirais un poulain de six mois. C'est du plaisir, quand tu vois ça.

La Jeanne sourit à la joie de Coindet.

— T'attelles pas tout de suite, dit-elle.

— J'attends le Victor, il passe me prendre vers cinq heures et demie. Il va faucher du pré au bout du Champ Debout. C'est pas grand-chose de bon, plein de trous avec moitié de lèche; il est obligé de le faire à la faux. D'abord tout ce coin-là, comme je dis, il faut des années avant que ça profite bien. Ah, ça ne vaut pas la Table-aux-Crevés...

La Jeanne écoutait distraitement la voix de Coindet

qui faisait l'inventaire de ses champs avec des ronds de
bras comme s'il eût serré de l'or en javelles. Sa Table-
aux-Crevés, il en parlait avec une vénération qui l'aga-
çait.

— De la terre, disait-il. C'est léger, ça te fond dans les
mains, c'est pas de ces grosses terres rouges comme j'en
connais, qui sont bonnes juste pour faire de la brique.

Malgré ses efforts, la Jeanne ne s'intéressait guère aux
travaux des champs. La Table-aux-Crevés, le Champ
Debout n'évoquaient pour elle qu'une morne étendue
heureusement limitée par la forêt fraîche. Coindet s'aper-
çût qu'elle ne le suivait plus. Il interrogea d'une voix
changée :

— Le café est bientôt prêt?

— Mon eau est bouillante. Dimanche, tu veux qu'on
aille faire un tour dans les bois de Sergenaux?

Coindet alla jusqu'à la porte voir si le Victor arrivait
et dit sèchement :

— Tu crois que tu sauras préparer la lavure des
cochons?

— Qu'est-ce que tu me demandes. J'en ai déjà nourri.
T'as peur que je fasse pas l'affaire?

Mécontent de lui-même, Coindet s'assit à la grande
table en maugréant :

— Dépêche-toi de passer ton café que le Victor va
arriver.

Mais la Jeanne posa le moulin à côté du filtre et
vint appuyer sa tête sur la poitrine brune de Coindet.
Il caressa la nuque, prit la taille. Elle se serrait contre lui

avec force, il voulut l'asseoir sur ses genoux. En déplaçant sa chaise, il leva la tête et vit, par la porte ouverte, la plaine du matin dorée de soleil. Une vraie tartine de miel. Doucement, il écarta la Jeanne en murmurant :

— Va vite faire le café qu'on sera en retard. Moi, je vas peut-être atteler tout de même.

Comme il se levait, le soleil de Sergenaux allongea une ombre dans la cuisine. Capucet entra.

— C'est moi, dit-il. Vous allez vous marier, probable.

Coindet considérait avec quelque sévérité cet ami dont la maladresse lui valait l'inimitié de Brégard.

— T'as pas engraissé, dit Capucet en tendant la main, mais t'as pas maigri non plus. Ça fait que vous êtes partis vous amuser. Vous avez bien fait. Comme je disais à ton beau-père, la jeunesse il faut que ça aille.

Coindet sourit et haussa les épaules.

— Grand mannequin. Il a pas plus de malice qu'un paquet de tabac. Donne la goutte, Jeanne, il sera content.

Les deux hommes s'étaient assis de chaque côté de la table. Coindet interrogeait sur les événements des dernières semaines.

— Tu ne sais pas ce qui est arrivé ? informa Capucet. J'ai bien cassé un carreau chez moi. Je pourrais pas te dire comment ça s'est fait ; j'avais une casserole à la main, je vas pour boutonner le poignet de ma chemise, ça y était ; un carreau en briques. Les choses arrivent drôlement. Des fois, on se coupe. Le Léon Débuclard de Blévans est mort la semaine passée. J'étais à l'enterrement avec plusieurs d'ici. Arrête donc, Jeanne, tu m'en mets de trop. T'es toujours belle. Hein, qu'elle est belle...

La Jeanne rit d'amitié. Capucet reprit :

— Alors vous vous mariez bientôt? On a bien causé dans le pays, pendant que vous étiez partis. Moi, si j'avais su que vous vous en alliez en voyage, je t'aurais dit de me rapporter une paire de lunettes, je commence d'en avoir besoin. Je vieillis, j'en ai plus pour longtemps.

— Penses-tu, protesta Coindet. Tu changes pas d'un mètre. Y a rien qu'à te voir galoper dans les prés, tu marches, tu marches...

— Bien sûr, je ne te dis pas... Pour marcher, je marche. Après tout, j'ai peut-être pas besoin de lunettes non plus. On se fait des idées et puis une fois que tu te mets à ne plus voir clair, c'est tout de suite des frais. Voilà le Victor.

Le Victor salua tout le monde d'un signe de tête et resta vers la porte, debout.

— Entre donc prendre le café, dit Coindet. Tu mettras de la goutte dedans.

La Jeanne s'empressait autour de Truchot, anxieuse de s'assurer l'amitié du meilleur ami de Coindet. Le Victor regardait la cuisine avec une grande attention. Tout était propre, en ordre. Satisfait de son examen, il dit à Coindet :

— Te voilà content, maintenant que t'es dans tes murs. Tu verras comme la Jeanne s'entendra à ta maison.

— Oui, dit Coindet d'une voix hésitante, elle est jeune, elle s'y fera peut-être...

Le Victor surprit sur le visage de la Jeanne une inquiétude presque douloureuse. Il affirma :

— C'est tout vu que vous allez être heureux comme point. Ça ne sera plus comme avec la vieille Noëmi. Une vieille, ça n'est jamais pareil. Je ne cause pas de la jambe en l'air, bien entendu. Mais pour qu'un ménage aille comme il doit, il faut qu'on se sente travailler l'un pour l'autre.

Truchot avait des notions très fermes sur l'évolution sentimentale des valeurs arithmétiques du mariage. Il pensait que les solidarités de nourriture sont les assises essentielles de l'amour conjugal, la faribole par-dessus le marché. La première année de son mariage, lorsque la Louise était tombée malade, il avait observé que la sollicitude naît d'une inquiétude matérielle, la tendresse de la sollicitude. Comme la maladie, dont il ne s'était pas ému d'abord, paraissait devoir durer, il s'était dit avec anxiété : « Pourvu qu'elle soit relevée avant les foins. » Et par la suite, il ne devait jamais oublier avec quelle reconnaissance attendrie il avait vu sa femme se rétablir avant le temps de la fenaison.

Le Victor s'était toujours méfié d'un mariage entre la Jeanne et Coindet. La vie du bois n'est pas la vie de la plaine et il craignait que la fille des bûcherons ne réussît péniblement au jeu de patience des responsabilités domestiques. Coindet avait les mêmes inquiétudes et, la veille même, s'en était ouvert à Truchot :

— Bien sûr qu'il y a à faire attention, avait répondu le Victor. Elle n'a pas été dressée à mener la vie de Canta-

183

grel. C'est pas le tout de faire la cuisine, il faut qu'elle s'intéresse à tout ce qui regarde une maison de culture. Ça dépend de toi. Vous voilà partis comme deux amoureux, mais pas comme des gens mariés. Il faut que tu t'habitues à ne plus lui parler comme à une bonne amie, il faut lui parler comme à une servante. Une femme, c'est ça; une servante intéressée à ce que la maison marche bien. Je te dis, c'est à toi de manœuvrer...

Mais Coindet ne se sentait aucun courage pour initier l'amoureuse aux besognes de servante et il doutait que le goût des responsabilités domestiques triomphât, chez sa femme, de la nostalgie des bois de l'Etang, qui étaient, à quatre cents mètres derrière la route, une tentation sur la campagne plate.

Devant son café fumant, il essayait d'endormir ses appréhensions à la voix réconfortante du Victor.

— Vous saurez toujours bien vous arranger, concluait Truchot. De ce côté-là, je suis guère inquiet...

Il ajouta en baissant la voix :

— Y a autre chose qui m'inquiète plus que ça.

Coindet se leva.

— C'est le moment de partir si on ne veut pas commencer la journée à dix heures.

En sortant, il prit son fusil sous le bras.

— Tu prends ton fusil? demanda Capucet.

— Oui, des fois que j'aurais à tirer des alouettes. Mais c'est bien rare...

Les deux hommes marchaient à côté de la jument grise attelée à la faucheuse. Coindet ne pensait à rien d'autre

184

qu'à se réjouir de la campagne nourrissante étalée à plat. Parfois il s'écartait de la route pour cueillir une tige de blé :

— Regarde-moi ces épis, c'est-il beau, à côté de l'année dernière, hein. Y aura du blé, y en aura...

Le Victor approuvait avec indifférence et, de temps à autre, tournait la tête vers Coindet, comme s'il eût attendu quelque chose. Brusquement, il interrogea :

— Et ben, et alors?

— Alors?

— Oui, alors. Qu'est-ce que tu comptes faire par rapport au Frédéric Brégard. Il faut voir clair. Il te tient au bout de son fusil.

— Et moi, répondit Coindet en montrant le fusil pendu au siège de la faucheuse, j'en ai pas un, de fusil? tu penses pas que je vas me laisser tirer comme un ramier. D'abord, qu'est-ce que je crains, pour le moment, rien du tout. Le Frédéric est plus malin que ça de venir me guigner en plein milieu du Champ Debout. Il attendra que je sois après la Table-aux-Crevés pour m'ajuster depuis le bois.

— T'iras pas à la Table-aux-Crevés, si c'est ça, je m'en occuperai tout seul.

— Tu veux rire. Il serait trop content s'il voyait que je n'ose pas. Et puis, il me rattraperait ailleurs. J'irai à la Table-aux-Crevés avec deux cartouches dans mon fusil, et je te garantis que j'ai pas envie de mourir. Je suis désavantagé, tu me diras. Mais qu'il ne manque pas son

185

premier coup de fusil, parce que j'aurai sa peau après. Moi aussi, j'irai à l'affût dans le bois.

Le Victor haussa les épaules avec une commisération irritée.

— Tête de lard, qu'est-ce que tu veux aller à l'affût. Il t'aura descendu avant. J'ai été à la chasse avec le Frédéric. Ton compte est réglé.

— Qu'est-ce que t'en sais. Pendant cinq ans, ceux d'en face m'ont tiré dessus avec leurs fusils, leurs mitrailleuses, leurs canons et tout le tremblement. J'ai pas été seulement blessé une fois. Ça serait malheureux que je pique du nez au premier coup de fusil d'un Frédéric.

— Ça se compare pas, tu le sais aussi bien que moi. Ceux d'en face, ils ne te connaissaient pas. D'abord, là-bas, t'as eu de la chance comme personne...

— C'est justement, interrompit Coindet. Quand on a une chance comme celle-là, c'est qu'on doit mourir de vieillesse. Je te dis que j'ai pas peur et pourtant, tu sais comme je tiens à ma peau.

— Cause donc, cause donc. Une fois que tu seras au milieu de la Table-aux-Crevés, tu serreras les fesses, va. T'es bâti comme les autres. Ecoute, pourquoi que tu n'essaierais pas d'arranger l'affaire. Si tu veux, j'irai le trouver. Qu'est-ce qu'il te reproche? de l'avoir dénoncé. Y a tout de même moyen de lui montrer que c'est des histoires à Milouin.

Coindet arrêta la jument pour boucler une courroie d'attelage. Avant de repartir, il roula une cigarette et dit en passant sa blague à Victor :

— Tu ne sais pas qui j'ai rencontré à Dôle? Jeantet, le brigadier qui a emmené Brégard. Si je voulais, ça serait possible de prouver que je ne suis pour rien dans l'affaire. J'aurais qu'à tout raconter à Jeantet pour qu'il explique la chose au Frédéric comme elle s'est passée. Et encore, le Frédéric dirait que c'est des manigances, que je me suis arrangé avec Jeantet, parce qu'il est mon ancien sergent au deux sept six. Tout de même...

Il fit repartir la jument et s'absorba dans une méditation que le Victor n'osait pas troubler dans la crainte de formuler une approbation maladroite qui l'éloignerait de sa dernière inspiration.

— Jeantet ferait tout ce que je voudrais, songea Coindet à haute voix.

Le Victor crut devoir sortir de sa réserve pour encourager.

— T'as pas à hésiter, qu'est-ce que tu risques. Moi je crois que ça arrangerait tout. Le Frédéric, dans le fond, c'est pas le mauvais homme...

Coindet, d'un geste rageur, jeta sa cigarette à demi consumée. Son visage s'empourpra tout d'un coup. Il gronda :

— Ton Frédéric, c'est rien qu'une vache. Après tout ce qu'il m'a fait roter, Bon Dieu. Quand je pense, mais non, qu'est-ce que tu crois? que je vas passer le torchon sur tout ça, oublier les trois semaines qu'il m'a fait passer à Dôle, dans cte chambre propre, en face d'un mur de treize fenêtres? Un individu qui m'a fait sauver de chez moi que j'étais déjà en retard pour planter mes betteraves.

Oui, pour ce citoyen-là, moi je serai obligé d'acheter des betteraves à la fin de l'année. Mes betteraves. Et tu crois qu'on peut se sentir du sentiment pour une carne comme ça...

Truchot eut la sagesse d'attendre que la colère de Coindet se calmât d'elle-même. Pendant le reste du trajet, il ne toucha plus du Frédéric et entretint Coindet de l'état de ses travaux, des projets qu'il avait formés pour l'amélioration de ses étables. Au Champ Debout, ils se séparèrent. Le pré de Truchot était tout contre la rivière, dans le prolongement du pré à Coindet. Seul, un chaintre appartenant à Forgeral les séparait.

Coindet faucha son premier andain en partant de la route. Haut perché sur le siège de sa faucheuse, il n'était pas sans inquiétude et, par-dessus son épaule, jetait parfois un regard du côté du bois en s'assurant que son fusil, couché entre ses jambes, était bien à portée de sa main. Peu à peu, il cessa d'y penser, absorbé par son travail. C'était un régal que de faucher ce coin-là du Champ Debout. L'herbe était fine, le sol ferme et plat. Il n'avait pas besoin de pousser la jument, la faucheuse roulait toute seule. En arrivant vers le chaintre à Forgeral, Coindet cria au Victor avant de faire tourner son attelage :

— Ça va?

Truchot s'arrêta une minute, redressa la taille et fit signe que ça allait comme ci comme ça. En tirant vers la route, Coindet l'entendit passer la pierre sur sa faux.

— Ce pauvre Victor, il a du mal pour pas grand-chose. A sa place j'aurais quand même essayé de passer la faucheuse. En ne fauchant pas trop près...

Par-dessus la croupe de la jument, il pouvait voir maintenant toute la lisière des bois de l'Etang, claire de soleil.

— Je ne me suis pas trompé, murmura-t-il avec un sourire. Il ne viendra pas se risquer au milieu de la plaine... mais quand je serai là-bas contre le bois, assis sur ma faucheuse, ça lui fera une belle cible.

Il évoquait Brégard tapi à l'entrée du bois, derrière un buisson, ajustant posément son homme, et quel homme... Tandis qu'il fauchait son troisième andain, le dos tourné à la forêt, Coindet sentit un trouble l'envahir; il lui sembla qu'il y avait du jeu entre ses os. Autour de lui, la plaine était nue. Truchot, courbé sur la terre, si loin, ne rassurait pas. Coindet éprouvait un vertige, se sentait désigné sur l'étendue plate aux puissances de la forêt. Il n'osa pas faire son signe de croix à cause de Brégard qui lui aurait peut-être ri dans le dos. Nerveux, il donna sans raison un coup de fouet à la jument qui fit un écart brusque, partit au pas vif, traçant un andain en S et laissant de larges touffes d'herbes en virgules sur le ras du pré. Coindet n'essayait pas de faire ralentir la bête, il avait hâte d'arriver au bout pour appeler le Victor. Sautant à bas de son siège, il cria :

— Victor! tu viens...

Truchot posa sa faux et traversa l'enclos de Forgeral. Coindet bafouilla :

— Je voulais te demander si t'avais pas une burette d'huile...

Une burette, qu'est-ce que je ferais d'une burette?

— Bien sûr, qu'est-ce que tu ferais d'une burette, convint Coindet.

Il tournait autour de Truchot, le touchait. Truchot vit le trouble où il était, proposa un instant de repos. Les deux hommes s'assirent sur le foin coupé. Machinalement, le regard de Truchot suivit le dernier andain.

— Tu l'as pas tiré droit, celui-là, il s'en faut.

— C'est l'autre imbécile de jument, elle s'est mise à faire des embardées sans qu'on sache pourquoi. Tu me dirais qu'elle est chaude...

— Mais non, dit Truchot, mais non. Elle est pas chaude du tout.

Il regarda Coindet avec autorité.

— Ce qu'y a, c'est que t'es pas dans ton assiette, faut pas chercher ailleurs.

Coindet eut un geste de protestation. Le Victor continua :

— Je te dis que c'est ça. Y a point de honte à le reconnaître. Ça n'est guère une existence de se sentir traqué, de s'attendre à tout moment à prendre un coup de fusil.

— Je ne dis pas que c'est bien agréable.

— Alors, pourquoi que tu t'entêtes. J'ai rien voulu te dire tout à l'heure parce que je te voyais remonté contre le Frédéric, mais enfin il faut penser que le Frédéric c'est tout de même le frère de la Jeanne. J'admets que ça soit toi qui le démolisses, bon, ça y est, tu l'as tué. Et après, te voilà bien monté. Il faut penser aux suites.

— Mais puisque je te dis qu'il ne voudra pas croire la vérité. Et même s'il croyait Jeantet, il ne voudrait pas en convenir. Une vraie carne, je te dis.

— Qu'est-ce que tu me racontes, il est fait comme les autres. Une fois qu'il saura...

— Penses-tu. Il a envie de ma peau. Je le sens bien. Il est là qui me guette. C'est fini, maintenant, il est parti à la chasse. Ton Jeantet, il voudra pas seulement l'écouter. Et moi, de quoi que j'aurai eu l'air, je te demande un peu.

— T'auras eu l'air d'un homme qui ne veut pas tuer le frère de sa femme. Y a pour faire rire personne, je te le garantis.

Coindet eut un sursaut de haine :

— Mais non, tu le connais pas. C'est un bandit qui n'aurait jamais dû sortir de prison. Il faut qu'il soit muselé. Autrement que ça tu perds ton temps si tu veux le raisonner.

— C'est toi qu'on ne peut pas raisonner, s'emporta Truchot. A la fin, fais donc ce que tu voudras, puisque tu tiens tellement aux coups de fusil. Est-ce que t'as fait ton testament, au moins?

— Mon testament?

— Ma foi, au cas que tu viennes à disparaître, et c'est tout vu, qu'est-ce que t'auras fait pour la Jeanne?

— C'est mon frère qui hérite...

— C'est ça, elle restera sur le carreau. Voilà une fille

qui ne voudra jamais rentrer chez elle, qu'aura pas un sou et que tu lui auras peut-être fait un enfant par-dessus le marché. Ça lui fera une belle jambe que ton frère hérite. Elle pourra toujours lui demander quelque chose. Il lui dira encore que c'est de sa faute si tu es mort. Ah, ça lui fera une belle jambe que tu te sois entêté à faire le glorieux pour une poignée de betteraves. Elle aura plus qu'à s'en aller à maître ou à entrer au bordel. Tout ça à cause que Monsieur aura été froissé. Des fois, je me demande si t'auras pas laissé ta cervelle à Dôle...

Les paupières à demi fermées, Coindet se laissait bercer par les paroles d'indignation. La voix du Victor habitait la plaine et chassait l'angoisse qui le tenaillait tout à l'heure. Il s'allongea dans le foin humide et dit en rabattant son chapeau de jonc sur ses yeux :

— Jeantet doit être ces jours-ci à Cantagrel, dans le courant de la semaine qui vient. Y a qu'à l'attendre. D'ici là, je verrai bien.

XIV

En cachette de son homme, la Louise Truchot venait de consulter la Bossue de la Maison Neuve qui lui avait promis, l'avant-veille, d'interroger ses voix sur le meilleur traitement d'un rhumatisme à l'épaule. Les voix disaient que les infusions de menthe sauvage n'étaient pas mauvaises, pourvu qu'on les fît suivre une friction sur l'omoplate avec une peau de chat bien sèche. Sur le chemin du retour, la Louise méditait de couper la tête au matou noir de l'Hortense Aubinel, lorsqu'elle aperçut, en face de chez Corne, un attroupement modeste de cinq personnes autour de deux gamins qui se battaient. Tout de suite elle reconnut son propre fils Hilaire qui roulait dans la poussière du chemin avec Tonton Joubert, un garçon de six ans. La Mathilde Joubert, sœur de Rambarde et mère de Tonton, tenait les deux cartables sous son bras, d'une voix passionnée excitant son fils au combat. Les autres spectateurs étaient les deux Corne, Francis Boquillot et Cherquenois. Ils riaient. La Louise n'était pas femme à tolérer que son fils unique usât ses culottes aux pierres de la route pour la joie d'une mère dénaturée. Elle eut tôt fait de séparer les écoliers, en donnant à chacun une paire de gifles. Puis elle reprit le cartable de son fils à la Mathilde en lui signifiant qu'une mère capable de faire battre deux enfants de six ans était bien plus bête qu'une bourrique puisqu'on n'avait jamais vu une bourrique en faire autant. La Mathilde savait les usages. Elle retourna l'injure à la Louise et lui proposa son cul à baiser, disant que c'était bien la seule relique qui convînt à une denrée de son espèce. La Louise n'était pas enrouée, elle répondit que la plus denrée des deux, on savait qui c'était : il ne fallait que consulter les registres de l'état civil. Ainsi dénonçait-elle le péché de Mathilde Rambarde coupable d'avoir enfanté quelques mois avant d'épouser Joubert. Mais, à Cessigney, ce péché-là n'était pas très capital. Pourvu qu'une fille eût de la religion, c'était assez de vertu. Le reproche ne blessa point Mathilde Joubert, elle en rit sans arrière-pensée. Ce n'était pas cela, dit-elle, qui avait empêché son Tonton de bien pousser, à preuve qu'il venait d'administrer une belle raclée au fruit légitime. Elle en prit à témoin les spectateurs qui n'osèrent pas se compromettre. Sur une dernière injure, la Louise s'éloigna avec son garçon. A la croisée des chemins, elle le gifla pour se donner une contenance, peut-être aussi parce qu'il n'avait pas été le plus fort tout à l'heure.

Le lendemain dimanche, au coin de la maison de Corne, une dizaine de républicains jouaient aux quilles

en attendant midi. Il y avait Victor Truchot. Le Carabinier, qui n'avait personne à enterrer, *requillait* au fond
de l'allée, c'est-à-dire qu'il renvoyait les boules après
avoir replacé les quilles. Sans prendre part au jeu,
Capucet jugeait des coups avec équité en pariant secrètement pour ses préférés. Une demi-heure après, les
joueurs aperçurent, dans le raccourci du clos à Noré
Toubin, les premiers fidèles qui sortaient de la messe.
La Louise Truchot arrivait la première, tirant par la
main son galapiat d'Hilaire. Comme elle passait à côté
de son homme, elle vint lui dire de ne pas rentrer trop
tard. Il devait comprendre que le pot-au-feu n'est pas
bon s'il attend trop. Le bouillon se réduit, les légumes se
mettent en purée. Le Victor avait beaucoup de sagesse,
il promit. Cugne, le beau-frère de la Louise, insista pour
qu'elle prît un apéritif et Francis Boquillot se joignit
à Cugne, car il était presque certain, avec ses quatre
quilles d'avance, de ne pas payer la tournée. Sur une
table pliante de jardin, la Cornette servit un pernod que
la Louise but aux trois quarts, abandonnant le dernier
quart à son Hilaire. Ces choses-là, au contraire de faire
mal aux enfants, leur donnaient plutôt des forces.

Cependant, la Mathilde Joubert venait d'arriver avec
son garçon et son frère Louis Rambarde. La Louise,
séparée de Mathilde Joubert par la largeur du jeu de
quilles, ravalait ses injures à cause du Victor qui aimait
la bonne tenue. Mais l'autre, et chacun pouvait l'entendre
n'arrêtait pas de déblatérer, si bien que Rambarde en fut
gêné et, à plusieurs reprises, la poussa du coude. Il

perdait son temps. Maintenant, la Mathilde déplorait l'éducation du pauvre Hilaire, rudoyé en semaine, interdit de jeux, et saoulé tous les dimanches au pernod par une mère inconsciente. La Louise se mordait les lèvres pour ne pas éclater. Le groupe de Cessigney, grossissant à chaque minute, appréciait avec une ironie non dissimulée la patience de Truchot qui semblait ne pas entendre. Comme il venait de lancer une boule de travers, la Mathilde éclata de rire et tous ceux de Cessigney après elle. Le Victor devint blême et apostropha Rambarde :

— Puisque Joubert n'est pas là pour museler son roquet, occupe-toi de faire taire ta garce de sœur ou bien je te vas moucher.

Un murmure de tous les joueurs approuva Truchot; un autre murmure y répondit; ceux de Cessigney montraient les dents à Cantagrel. Pourtant, Rambarde répondit d'abord avec plus de modération qu'on n'en attendait :

— Ma sœur a eu tort, dit-il, pour ça je ne dis pas le contraire, quoiqu'elle ait peut-être ses raisons.

Il marqua un temps d'arrêt, pour mieux séparer deux ordres d'idées, et reprit :

— Seulement, y a une chose, c'est que je n'ai guère l'habitude de me laisser traiter comme tu me traites, rappelle-toi de ça.

A trois pas, ils se regardaient fixement, avec une férocité étonnante. Cette haine qui les dressait l'un en face de l'autre, c'était la haine qui jetait Brégard contre Coindet. Ils en avaient la révélation soudaine et, dans l'instant, chacun d'eux éprouva un même sentiment de solidarité tendre pour l'ami menacé.

— Ils se sont mis à deux pour prendre la Jeanne.

— Ils sont deux à viser Coindet.

Les spectateurs observaient dans un silence profond et amassaient de la haine, rangés derrière leur champion respectif. Plusieurs hommes de Cantagrel se souvenaient d'une vache abattue; Guste Aubinel, qui était venu se placer derrière Truchot, pensait à son plus jeune frère, mort trente ans auparavant d'un coup de fusil. Un garçon qui rentrait du service. Ceux de Cessigney avaient moins de haine que de mépris, un mépris de Turc à Arménien. Rambarde parla selon leurs vœux lorsqu'en haussant les épaules il fit une allusion dédaigneuse à la petite taille du Victor :

— C'est juste gros comme un morpion et ça veut en remontrer à des personnes. Tu ferais mieux d'aller jouer au quinet avec ton gamin.

Ayant dit, Rambarde saigna du nez. Truchot avait frappé entre les deux yeux. Tout Cessigney fit deux pas en avant, tandis que Cantagrel faisait front, sans esprit offensif, mais décidé à ne pas rompre. Aveuglé par les larmes, le visage dégouttant de sang, Rambarde se ruait sur le Victor. Un coup de pied au ventre le fit hésiter. Maintenant, tout le monde braillait, la fièvre brûlait aux yeux; déjà deux gars de Cessigney soufflaient dans le nez des garçons à Aubinel et personne ne prenait garde à Capucet qui s'agitait dans le tumulte en répétant d'une voix plaintive :

197

— Finissez, allons, c'est pas gentil, finissez...

Rambarde avait réussi à ceinturer son adversaire et, quoique le Victor lui serrât la gorge des deux mains, l'issue du combat n'était guère douteuse.

Alors parut Frédéric Brégard. Le matin, il avait communié avec une ferveur dont le curé s'était effrayé. Après la sortie de la messe, il était resté seul dans l'église pour y prier à haute voix. Agenouillé devant une statue en plâtre de Jeanne d'Arc qu'il prenait pour la Sainte Vierge, le Frédéric s'excusait de l'offense qu'il lui allait faire en tuant un homme et plaidait sa cause entre deux *ave*.

— Marie, il faut comprendre. Voilà un homme qui m'a dénoncé. Je lui aurais pardonné. Il a emmené ma sœur. Je lui aurais encore pardonné dans la chose d'avant. Mais vous voyez, c'est ça, ma sœur qui s'est mise ensemble avec un vendu. J'ai dit que je le tuerais. Je ne suis pas l'homme qui aurait mauvais cœur, mais je fais les choses qu'il faut qu'elles se fassent. Marie je ne vous demande pas de me pardonner, mais je voudrais que vous me restiez gracieuse.

Frédéric Brégard creva les rangs de Cessigney à grands coups d'épaule. Il saisit Rambarde aux poignets, rompit l'étreinte et se plaça entre les deux combattants. De nouveau les spectateurs se figèrent. Brégard jeta son chapeau au milieu du jeu de quilles, on vit mieux son beau visage triste.

— Qu'est-ce que vous faites? dit-il. Ça n'est pas assez qu'il y ait un homme de promis. Apportez-moi un pernod. Quand la culture gagnait guère, ceux de la plaine venaient travailler l'hiver au bois. J'ai travaillé avec eux, on était payé pareil. Vous vous regardez comme des chiens, pour quel os, Bon Dieu. Souvent je me suis trouvé d'aller à la chasse avec un de Cantagrel : un homme du bois et un homme du plat. Quand on tuait deux lièvres, est-ce que ça ne faisait pas un lièvre pour chacun. Toi, Louis, t'as empoigné le Victor parce qu'il est le copain de Coindet, mais qu'est-ce que ça te fait et à vous autres. La chose de régler me regarde, rien que moi.

Il vida son verre et dit encore :

— Rien que moi et plus haut. Nous deux Coindet, on est tout seuls, moi j'en ai froid. Donne encore un pernod, petite, et puis un autre pour Capucet. Toi, Capucet, t'as point de méchanceté, c'est vrai que t'es pas gras non plus...

Capucet sourit à l'univers apaisé; en s'asseyant, il dit au Frédéric :

— Je me suis pas pesé depuis l'année que la maison à Tiercelin a brûlé. Je te cause d'avant la guerre. Dans ce temps-là, y avait des feux. Tu te rappelles le Grangeage à Forgeral? Il vient d'acheter une bécane avec des boyaux, Forgeral. On dit que ça s'use plus vite que les pneus...

La partie de quilles était presque terminée, Truchot avait encore une boule à jouer. Il prit son élan sur la planche d'appel et regarda courir sa boule, figé dans l'attitude du « Discobole ». La boule était bien partie et tenait le milieu de l'allée; presque au bout de sa course, elle dévia, fit le tour du jeu sans toucher une quille. Et tout Cessigney qui regardait.

Sans un mot, le Victor enfila son veston, posa de la monnaie sur une table et partit en jetant à Rambarde un regard de haine résolue. La Louise et son Hilaire, qu'il avait oubliés, avaient peine à le suivre.

Coindet profitait de son dimanche après-midi pour aimer la Jeanne. Du vivant de l'Aurélie, ses passe-temps du dimanche étaient, sauf une manille ou une partie de quilles, de jardiner, d'améliorer l'écoulement du purin ou de faire quelque réparation. Depuis le retour de Dôle, ces choses-là ne l'intéressaient plus. Il était mou à la besogne. Pourtant, le premier matin qu'il était parti avec le Victor pour le Champ Debout, il avait cru n'avoir jamais assez de bras pour accomplir l'effort qu'il se proposait. Une frénésie de labeur sans répit avait secoué Urbain Coindet rêvant à des moissons engrangées et des livrets de caisse d'épargne. Son énergie s'était affaissée au milieu de la plaine, tandis qu'il regardait la lisière des bois de l'Etang. L'après-midi, il avait regagné avec effort le Champ Debout et travaillé sans ardeur. Et les jours suivants, il avait travaillé sans ardeur.

Leur chambre, persiennes fermées, était fraîche, silencieuse. Au dehors, dimanche gardait la campagne immobile. Coindet somnolait, la tête sur l'épaule de la Jeanne qui le serrait contre sa chair. Il éprouvait une quiétude heureuse auprès de cette fille des bûcherons qui avait les clés de la forêt. Il aurait voulu rester là, des jours et des jours, jusqu'à mort d'ennui. La Jeanne était au plaisir de le sentir diminué, avide de sollicitude. Bien qu'elle goûtât cet abandon, elle s'inquiétait pourtant de la veulerie où elle voyait Coindet. Au hameau, les hommes étaient d'une autre trempe. Elle ne reconnaissait plus le Coindet d'avant, celui qui l'avait choisie chez la Cornette, devant les deux Brégard. Son cœur se serrait d'un peu de mépris lorsqu'il demandait avec une anxiété qu'il ne cherchait plus à dissimuler :

— Tu crois qu'il croira Jeantet, dis. Jeantet, c'est tout de même un brigadier de gendarmerie. Tu crois qu'il le croira?

La Jeanne haussait les épaules :

— Peut-être bien, mais je connais sa réponse : « Qu'il me renvoie d'abord ma sœur, on verra après. »

— Ah, quoi faire, geignait Coindet. C't' histoire, Bon Dieu.

Elle le consolait en méditant ses plaintes avec amertume. C't'histoire, c'était leur amour... et puis, envoyer un gendarme pour négocier le pardon! elle n'oserait plus jamais rentrer à Cessigney. Parfois elle s'accusait de dureté, voyait Coindet étendu bras en croix au milieu de la Table-aux-Crevés, mort d'avoir accueilli une fille du hameau...

Dans la pénombre, elle se pencha sur le visage soucieux, baisa les paupières fermées en murmurant :

— Mon petit, je veux pas que tu aies peur.

Il entendit et répondit en ouvrant les yeux :

— Jeanne, j'ai pas peur. C'est vrai que je n'ai pas le cœur à rien, mais j'ai pas peur. Le coup de Jeantet, j'y crois guère, mais je veux l'essayer parce que c'est faire quelque chose. Autrement, je fais rien que d'attendre, tu comprends. Ah! attendre, c'est ça...

Coindet entendit frapper à la porte de la cuisine, et eut un tressaillement de tout le corps. Il sauta du lit avec précipitation, s'arrêta au milieu de la chambre, l'oreille aux aguets, hésitant. Agacée, la Jeanne lui dit en se levant :

— Mais n'aie pas peur. On ne tue pas le dimanche, chez nous.

En jupon, elle passa devant lui, prit au passage un fichu dont elle couvrit ses épaules nues et traversa la cuisine.

— Je profite de ce qu'on est dimanche, dit Truchot en entrant. Ma femme a été chez Cugne, moi je suis venu vous dire le bonjour.

Il vit le jupon de la Jeanne, ses mollets nus, ses bras nus, et fit mine de se retirer.

— Je vous dérange...

— Mais non, reste donc, il sera content de te voir. Le voilà.

Coindet l'accueillit avec soulagement. Le Victor, lui, savait ce qu'il fallait faire. Il allait conseiller l'intervention du brigadier et Coindet n'aurait qu'à se laisser aller. Il céderait, cette fois, c'était bien décidé. Mais le Victor avait un drôle d'air, des yeux brillants, une voix saccadée qui ne lui étaient guère habituels. Coindet craignit une mauvaise nouvelle, d'un péril imminent peut-être et interrogea :

— Y a rien de nouveau?

— Pas grand-chose. On t'a peut-être dit que j'avais eu des raisons avec Rambarde, ce matin. A cause de c'te mauvaise teigne de Mathilde Joubert.

La Jeanne sourit et eut un reproche affectueux.

— Ne dis pas ça, elle est bonne personne la Mathilde, je la connais bien.

Coindet eut un mouvement d'humeur.

— Bonne personne, grogna-t-il, on sait ce que c'est que les bonnes personnes de Cessigney.

Le Victor approuva avec tant d'énergie que la Jeanne et Coindet en furent surpris. D'habitude, il était plus conciliant. Coindet en fit l'observation au Victor qui répliqua :

— On est bien obligé de dire les choses comme elles sont. Ces gens de Cessigney, c'est de la graine difficile; je cause des hommes, bien entendu.

— C'est un air qu'ils ont comme ça, dit Coindet timidement. Dans le fond, ils sont ni meilleurs ni pires qu'ailleurs. Jeanne, va donc chercher deux bouteilles d'arbois où je t'ai dit. C'est un fût que mon frère m'a fait envoyer de là-bas par sa belle-mère. Je l'ai mis en bouteilles au commencement d'avril. L'Aurélie était encore.

Truchot regarda sortir la Jeanne. Lorsqu'elle eut passé la porte, il dit à voix basse et précipitée :

— Qu'est-ce que tu fais pour le Frédéric?

Coindet fit un geste de la main, comme s'il eût jeté les dés à la volée :

— Ce coup-là, c'est décidé, je lui envoie Jeantet, je verrai toujours ce que ça donnera.

Truchot fourra sa main dans la chemise de Coindet, prit la viande à pleines griffes et parla tout bas, avec une exaltation étrange :

— Tu ne peux pas, si tu réfléchis comme j'ai réfléchi. Tout à l'heure, j'ai vu ceux de Cessigney, ils m'auraient dévoré, n'importe lequel, ils m'auraient dévoré parce que je suis ton copain et si t'avais vu Rambarde. Le Frédéric peut te manquer. Rambarde ne te manquera pas. T'aurais dit un loup. Mais c'est Brégard qui m'a le plus fait peur. Il est décidé, lui, et on voit que rien ne le fera revenir sur ce qu'il a dit. Faut l'avoir vu, je te dis. Qu'est-ce qu'il compte faire, ton Jeantet. Je te vois foutu...

Coindet regardait le Victor, les yeux dans les yeux. Il eut un rire muet, puis murmura :

— J'aime autant ça, vois-tu...

La Jeanne apportait les deux bouteilles. Coindet prit son couteau de poche qui était à tire-bouchon et versa trois pleins bords. D'un trait, il vida son verre d'arbois comme il eût fait d'un algérien.

— Bois, Victor. Bois, Jeanne.

Il trinqua, d'une haleine but un deuxième verre et déboucha l'autre bouteille. Truchot et la Jeanne le regardaient avec inquiétude. Il essuya sa moustache sur son bras nu et éclata de rire.

— Ah! il veut. Bon, il veut. Jeanne, va chercher

des bouteilles, apporte-nous des bouteilles. Je veux qu'il y en ait plein la table, des bouteilles. Quoi? je vas y aller, si tu ne veux pas. Apporte des bouteilles, quatre cinq, t'iras en rechercher. Et puis mets la goutte sur la table et des verres qu'on puisse en casser. On boira la goutte sur l'arbois et on boira le blanc sur la goutte. Y aura plus rien pour Jeantet, quand il viendra. Apporte, j'ai soif, j'ai le feu partout...

Une poussée de joie lui restituait tout son volume, il gesticulait, criait au Victor :

— Je suis content, vieux. Qu'est-ce que j'allais faire. Jeantet, non, Jeantet, je rigole. Demain, pas plus tard, je m'en vas à la Table-aux-Crevés.

— J'irai avec toi et on fera de l'ouvrage.

— Ah oui, de l'ouvrage pour Cherquenois, y en aura, y en aura...

La Jeanne posait le vin d'Arbois sur la table. Coindet ne retrouva plus son couteau, saisit le tisonnier et décapita deux bouteilles. Les goulots roulaient sur le carrelage, éclataient, le vin giclait sur les chemises des hommes, sur le jupon de la Jeanne, éclaboussait les visages, coulait sur la table, dans les verres, dans les gosiers. Ils riaient tous les trois. Coindet n'arrêtait pas de verser, il buvait à la bouteille, rinçait ses bras de vin d'Arbois. Truchot criait qu'il voulait boire encore et chatouillait la Jeanne. Coindet, les deux coudes dans le vin, leur disait qu'il les tuerait tous les deux. Et, tandis que le Victor cassait le goulot d'une bouteille, il se mit à chanter une complainte en patois de Cantagrel :

Miette du Haut Vent [1]

J'on nonante et deux ans

Si te vios qu'on s'mairi, y m'ferot moyou au lit

Y me ferot moyou au lit

T'airos des coutillons

A ras trois cabuchons

J'te biquerot d'sos l'oureille, au ventre mau ne beille

Au ventre mau ne beille.

— Couisez vos dè babouins

D'vos dentelles in'veut point

De peu'n que dans iot mé, L'Glos d'Pierre m'a mignotée

L'Glos d'Pierre m'a mignotée.

M'a tant ben édernie

Qu'i m'en seut endremie.

M'a beilli trois vaulots; si mon pé y savot

Si mon pé y savot.

1. Miette du Haut Vent, j'ai nonante et deux ans. Si tu
voulais qu'on se marie, je m'en trouverais mieux au lit. —
Tu aurais des robes à ras trois paniers. Je t'embrasserais sous
l'oreille, cela ne fait pas mal au ventre. — Taisez-vous des
enfants, de vos dentelles je ne veux point, depuis que dans leur
clos, le Claude Pierre m'a mignotée. — M'a si bien étourdie,
que je m'en suis endormie. M'a donné trois garçons. Si mon
père le savait. — L'aîné s'est bien marié. Pour mon cadet d'autre
part, trop de femmes veulent le gars. C'est bien le Claude
Pierre tout craché. — Au dernier de mes garçons j'ai promis
la Fanchon — s'il envoie le Claude Pierre en plein milieu de
la rivière. — Miette, qu'est-ce donc qui sonne? Est-il vrai qu'on
emmène Entre deux voltigeurs couper le collet du vieux?

L'ainé s'a ben mairi.
Pour mon cadet arie
Y *a trop d'fanes que viant l'gars, Y est ben L'Glos*
                                          [d'Pierre tout quia
          Y est ben l'Glos d'Pierre tout quia.

        Au daré d'mé gachons
        J'on promis la Fanchon
Si é n'envie l'Glos d'Pierre en pien mitant d'la rvére
        En pien mitan d'la rvére.

Coindet s'interrompit et dit au Victor :

— Je me rappelle plus bien des autres couplets. Est-ce qu'on ne va pas boire, dis. Je me rappelle seulement que le vieux a tué le Glos d'Pierre. C'était un bon vieux. Ces fumiers. Y a rien de plus beau que l'arbois.

Le Victor tendit deux verres à Coindet et dit qu'il se rappelait le dernier couplet. Il le chanta, d'une petite voix sèche :

        Miette, quois'que soûne...
        Y sero-t-i qu'on n'enmoune
    Entre deux voltigeux, couper l'collet du vieux
        Couper l'collet du vieux...

La Jeanne buvait aussi bien qu'un homme et scandait à grands coups de poing sur la table la chanson de Coindet. Toutes les bouteilles d'arbois en grelottaient la folie du vieux qui allait se faire couper la tête pour les beaux yeux de la Miette. La Jeanne avait trop chaud, elle déchira sa chemise et fut nue jusqu'à la ceinture.

207

Truchot l'attira contre lui et baisa les seins qui étaient deux belles coupes d'arbois blanc.

— Ils sont bien plus beaux que ceux de la Louise, dit-il.

Coindet lui vida un verre de vin sur la tête.

— Qu'est-ce que tu têtes, au lieu de boire. J'ai à causer. Jeanne, Jeanneton du Haut Vent, Jeanne du bois... écoute, toi Victor. Jeanne, ton frère, je le tuerai demain matin, demain à la Table-aux-Crevés. Merci Dieu, c'est ton frère, le Frédéric, je l'aime bien, je veux lui faire sauter les yeux, dis, Victor...

— On lui fera sauter les yeux, dit le Victor en pleurant, à Rambarde aussi.

— A Rambarde, oui. Hein, Jeanne, à Rambarde...

La Jeanne trempa ses mains dans le rosé d'arbois, s'en barbouilla le torse et monta sur une chaise.

— Il faut les tuer, dit-elle tendrement. Laissez-moi chanter à la Mère...

Elle entonna une longue litanie improvisée en patois de Cessigney.

> *Vos m'bérin-t-i, boune Marie*
> *Auquoi que fà ben meri*
> *Céqui que viant toj'du mau*
> *Es houmes qu'y ot le min'el pu beau.*
>
> *J'o ben gourre, ma boune Marie*
> *D'vos prii mansqui pou nos fusils,*

Atout vos sintes ben arie
Que je n'o enco point dit d'menterie.

J'o toj ben cru, boune Marie
Et peu aujd'hue j'vos y redis
Qu'entremis ceux du paradis
Mieux que nun vos sintes habillie,

Sainte Catherine ou ben Marguerite
Joséphine ou qui seye Brigitte
Marthe ou ben Jeanne en paradis
Y en a point cment vos que sint habillies.

Vos caracos, vos coutillons bieus
Dvant ben ét'piaisants pou l'Bon Dieu
Peu vos dzos de bras sentint j'seu ben sûre
Pareil cment les jasmins de la cure.

Boune Marie je vos y dis atout
Y ot ben vos qu'é le cœu le moyou
Et j'me rappallerai toj qu'y est vos
Qu'é pendu l'Aurélie pas l'cô.
Si ton boueb viot [1]...

1. Me donneriez-vous, Bonne Marie quelque chose qui fasse
bien mourir ceux qui veulent toujours du mal aux hommes
dont le mien est le plus beau — Je suis bien gênée, ma Bonne
Marie, De prier comme cela pour nos fusils Mais vous savez
bien aussi Que je ne vous ai encore pas dit de mensonges —
J'ai toujours bien cru Marie Et aujourd'hui je vous le redis
Qui entre ceux du Paradis Mieux que personne vous êtes

La Jeanne s'arrêta de chanter brusquement et murmura :

— Je suis ben saoule, ça me drinne dans les oreilles.

Coindet la prit dans ses bras, l'assit sur le coin de la table au milieu d'une flaque de vin. Elle prit un verre des mains du Victor et se mit à divaguer :

— J'ai cassé mon couplet, mon couperet, sur le dos aux Brégard. Chantez je vous dis. La porte va s'ouvrir, elle s'ouvre à Capucet, au rond des Capucet...

Capucet regardait la Jeanne en poitrine. Il s'écria, tremblant :

— Oh, elle est belle.

habillée — Sainte Catherine ou bien Marguerite Joséphine ou que ce soit Brigitte Marthe ou bien Jeanne en paradis Y en a point qui soient habillées comme vous — Vos corsages, vos robes bleues Doivent être plaisants pour le Bon Dieu Et vos dessous de bras sentent je suis bien sûre Pareil comme les jasmins de la cure — Bonne Marie je vous le dis aussi C'est bien vous qui avez le cœur le meilleur Et je me rappellerai toujours que c'est vous Qui avez pendu l'Aurélie par le cou — Si ton enfant voulait...

XV

— Jeanne, dépêche-toi, je veux être le premier.

— Le café est prêt, assieds-toi.

La Jeanne emplit les deux verres et regarda boire
Coindet, Coindet son homme. Soulevant à peine son
verre de la table, il buvait la tête baissée; elle ne voyait
que les épaules et la nuque tendue. Elle se pencha sur lui
et parla contre son oreille :

— N'y va pas, n'y va pas ce matin. A midi j'irai
chez nous. Je parlerai au Frédéric, au père, tout s'arrangera. On s'en ira plus loin dans la plaine, à Blévans si tu
veux, hein...

Coindet avala son café, il serra sa Jeanne dans son
bras, caressa les cheveux blonds.

— Ma Jeanne ne me laisse pas faire ce que tu voudras. On ne peut pas choisir tous les jours.

Il alla prendre son fusil dans la chambre, le mit dans
un sac de toile et quitta la cuisine sans se retourner.
Debout sur le seuil, la Jeanne le regarda longtemps
marcher sur la route. Il avait sa faux sur l'épaule droite,

son sac sous le bras gauche. La Jeanne entendit un pas sur la route et vit passer Victor Truchot portant sa faux sur l'épaule droite, un sac de toile sous le bras gauche. Il dépassa la maison sans tourner la tête et suivit le chemin qu'avait pris Coindet.

La Jeanne regarda l'heure au soleil montant. Un tremblement l'agita tout entière, ses mains étaient moites de fièvre.

— Dans une heure, songea-t-elle, pas seulement une heure.

Elle croyait voir le Frédéric cheminer dans les bois de l'Etang avec sa hache et son fusil. Elle entendait son pas, puis un autre pas, celui de Rambarde qui s'en allait travailler, avec sa hache et son fusil. La Jeanne tomba dans la cour, à genoux. Le bruit des pas augmentait. Elle râla :

— Marie, n'fa mau à nun de céqui que marchint, que marchint, que marchint... (Marie, ne fais de mal à aucun de ceux-là qui marchent, qui marchent...)

Maintenant, le bruit des pas lui cognait dans la tête comme un tonnerre de Dieu. La Jeanne laissa tomber ses mains suppliantes et regarda vers le bois. Sur la route, Capucet s'avançait vers Cantagrel, le dos tourné au soleil montant le Sergenaux. La Jeanne s'élança sur lui, le serra dans ses bras et lui fit faire volte-face en criant :

— Va les retrouver, va vers Coindet à la Table-aux-Crevés!

Elle le poussa dans la direction de Sergenaux.

— Là-bas, le chemin sur ta gauche, là-bas.

Capucet secoua la tête doucement et murmura :

— Bon, je vas.

Il s'en allait de bonne volonté, parce que ça faisait plaisir à la Jeanne, il avait une douce bonne volonté; c'était tout ce qu'il portait sur lui, il était de bonne volonté, la paix était avec lui. C'était un homme de bonne volonté qui prendrait le premier chemin sur sa gauche, comme on lui avait dit, et obliquerait vers les bois de l'Etang pour tomber juste sur la Table-aux-Crevés. Parfois, il tournait la tête du côté de la Jeanne, lui faisait un petit signe pour dire : « Je vas, je vas. » Et la Jeanne, immobile au milieu de la route, le bras tendu vers la Table-aux-Crevés, criait :

— Là-bas, là-bas!

Capucet est bien content de s'être trouvé là pour que la Jeanne l'envoie là-bas. C'est une drôle d'idée. C'est une idée. Les personnes ont des idées. Forgeral a beaucoup d'idées. Il est maire. Une idée, pour qu'elle soit une idée, il faut qu'on y fasse attention. Alors Capucet n'a pas d'idées. Pas gras, il va les mains dans ses poches, avec son ombre du matin derrière lui. Tout à l'heure, en rentrant à Cantagrel, elle sera devant lui. Capucet pense qu'un homme est toujours entre son ombre et le soleil.

Pendant que le Victor fauche, Coindet, son fusil entre les jambes, surveille la lisière du bois éloignée d'une centaine de mètres, à peine. Capucet vient s'asseoir à côté de lui.

— La Jeanne m'a dit : « Va vers Coindet à la Table-aux-Crevés. » Qu'est-ce que tu fais avec ton fusil?

— Je suis en train de guetter un lapin qui va sortir du

bois. T'es gentil d'être venu, mais j'aimerais autant que tu t'en ailles. V'a-t'en mon vieux, va.

— Je m'en vas, dit Capucet en se levant, je croyais pas de te déranger. Je vas pousser, jusqu'à l'Etang manière de voir Le Carabinier. Après ça, je reviendrai peut-être par le bois du côté de la Réserve de Sergenaux.

Capucet s'éloigne en biaisant un peu sur la gauche, pour tomber juste devant l'Etang. Il s'arrête parce que Coindet l'appelle :

— Capucet!

— Oui...

— A te revoir.

— Oui.

Vers six heures et demie, le Victor posa sa faux. C'était son tour de faction.

— Pour moi, dit-il à Coindet, ils ne viendront pas ce matin. On les aurait déjà vus.

— Qui c'est qui te dit qu'ils ne sont pas déjà venus. Ils peuvent nous voir sans qu'on les voie, nous démolir sans qu'on s'en doute. Je dis *nous,* c'est façon de dire. Toi tu risques pas.

— Alors, dit Truchot irrité, tu crois que je suis venu là pour te regarder t'affaler sur ton andain comme un lapin boulé. Tu te crois tout seul?

— Victor...

— C'est bon, tu renifleras une autre fois. Ils ne viendront pas ce matin. Comme j'ai commencé à faucher mes andains dans le travers du pré, ils attendent qu'on soit plus près du bois, ça sera pour cet après-midi. Allons faucher tous les deux. Plus tôt que ça sera fini...

Ils partirent l'un derrière l'autre, le dos un peu voûté, comme ils avaient appris pendant la guerre. Truchot allait en faire la remarque, lorsqu'ils s'arrêtèrent en même temps. Sur la droite, du côté de la Réserve de Sergenaux, Brégard et Rambarde sortaient du bois, à deux cent cinquante mètres. On voyait briller les canons des fusils.

— Les voilà, murmura Coindet.

Et il poussa un soupir de soulagement. Depuis qu'il était rentré à Cantagrel, il lui semblait que toute la forêt l'épiât d'un regard innombrable, Brégard était derrière chaque tronc d'arbre. Maintenant, la forêt avait posé son œil sur le bord de la plaine. Coindet voyait le Frédéric en chair et il éprouvait un bien-être qui amena sur ses lèvres un sourire de détente.

— Nous voilà propres, dit le Victor.

— Pourquoi que nous voilà propres.

— Ils vont rentrer dans le bois et filer à couvert jusqu'en face du Champ Debout.

Truchot regarda du côté de la route de Sergenaux qu'on apercevait à cinq cents mètres. Coindet vit son regard.

— Non, dit-il. Pourquoi qu'on est venu?

— J'y pensais pas pour de bon, murmura le Victor. On n'a qu'une chose à faire, courir sur le bois. Une fois dans le bois, si on a le temps d'y arriver, la partie sera égale. Lâche ta faux. On ira plus vite qu'eux, ils sont gênés par les arbres.

Le Victor partit comme un dératé à travers la Table-aux-Crevés, en obliquant légèrement sur la gauche pour joindre le bois à l'endroit où il avançait en pointe sur la plaine. Il y avait un peu plus de cent mètres à couvrir. Truchot courait sans tourner la tête, les dents serrées. Ses yeux regardaient fixement la pointe du bois. Coindet suivait sans effort, à cause de ses foulées plus grandes. Il aurait pu facilement dépasser le Victor, il n'en eut même pas la tentation. Il courait sans cesse d'observer la ligne des bois qu'il avait à main droite. Il vit, à une centaine de mètres, Brégard adossé à un arbre, qui levait son fusil. Déjà le Victor touchait la pointe du bois. Brégard n'eut pas le temps de viser.

Truchot s'arrêta pour reprendre haleine. Coindet lui dit:

— T'as vu, Brégard épaulait. Je suis bien content qu'il ait commencé. J'aurais jamais osé commencer la danse. Tu vois, on a la veine pour nous; tout à l'heure encore, j'étais sur mon pré comme un condamné à mort, c'en était bête...

Le Victor haussa les épaules.

— Je m'en fous bien qu'il ait épaulé; pour moi ça ne change rien. Je te garantis que j'aurais pas hésité à tirer le premier. Mais on ne peut pas rester ici. Ils savent où on est, eux. Le mieux, ce serait de tirer vers l'Etang.

— Vers l'Etang, tu sais pas ce que tu dis.

Avec son bras, Coindet montra la direction de la Réserve de Sergenaux.

— Si on veut les rencontrer, dit-il, c'est par là. Si on leur tourne le dos, tout est à recommencer. Je suis d'avis qu'on file droit sur le sentier qui mène à la Réserve, ils y passeront, sûrement. Comme le sentier est tout droit pendant cinq cents mètres, on les verra de loin.

A pas prudents, ils s'enfoncèrent dans les taillis. La forêt était silencieuse, bien fourrée. Coindet connaissait à fond les bois de l'Etang. Après cinq minutes de marche, il fit signe au Victor de s'arrêter et souffla :

— Le bouquet de bouleaux, là-bas devant nous, c'est juste sur le sentier. Marche doucement, ils pourraient voir bouger les branches des buissons.

A genoux, ils recommencèrent à avancer, Coindet en avant. Leur marche était lente, parfois il leur fallait ramper en poussant leurs fusils devant eux. Soudain, ils tombèrent à plat ventre, immobiles. Ils venaient d'entendre un froissement de branches, un peu sur la droite semblat-il à Coindet, sur la gauche croyait Truchot. Le même bruissement recommença. C'était bien sur la droite. Truchot, en opérant un face à droite, fit craquer une branche morte. Coindet l'aurait fusillé. Un quart d'heure, ils restèrent dans la position du tireur à genoux, les nerfs tendus, la bouche sans salive. Si épais étaient les fourrés qu'ils ne voyaient pas à cinq mètres autour d'eux. Exaspéré Coindet se pencha sur l'oreille de Truchot.

— J'en ai assez, je veux pas y passer la nuit. Allons jusqu'au sentier, y a plus de dix pas. Au moins, on y verra quelque chose.

Le Victor lui fit signe de se taire. On entendait un

bruit, comme d'un pas sur la mousse, mais dans la direction du sentier. Les joues brûlantes, le Victor braquait son fusil sur le bouquet de bouleaux.

— Ne tire pas le premier, souffla Coindet.

Truchot n'entendit pas, attentif au seul bruit des pas qu'il percevait plus distincts. On marchait dans le sentier. A côté des bouleaux, les plus hautes branches d'un buisson d'acacia bougeaient. Truchot épaula et tira. Et sur la droite, deux coups de fusils partirent en même temps. Sans réfléchir, Coindet tira aussi dans le buisson d'acacia.

Les yeux fixés sur le buisson, ils attendirent de longues minutes, prêts à brûler leur deuxième cartouche. Le silence avait repris la forêt, le même silence qui avait allongé leur attente, tout à l'heure. Et tout à coup, une plainte de mort traîna longuement dans les bois de l'Etang, une plainte qui partait du sentier de la Réserve. Coindet se dressa, jetant son fusil derrière lui. Truchot voulut le retenir, lui prit la jambe; il se dégagea brutalement, d'un coup de pied. La plainte s'éteignit en cascades fragiles et s'étira encore, plus lente, assourdie. Coindet regarda le Victor qui faisait son signe de croix, essuya son visage livide où coulait la sueur.

— Jésus Fils, murmura-t-il, si c'était!

A travers les taillis, il fonça sur les bouleaux et sauta dans le sentier. Un grand corps était couché sur le dos en travers du sentier. Coindet hurla :

— Capucet!

Le moribond ouvrit les yeux et agita une main rouge

218

de sang. Le cri de Coindet avait tiré les autres du bois, ils s'agenouillaient autour de Capucet. Penchés sur le visage du mourant, Brégard et Coindet pleuraient à grands sanglots d'homme. Coindèt avait mis ses mains sous la tête légère et baisait le front blanchi à la mort, tandis que Brégard haletait :

— Capucet, cause-moi. C'est nous, tous tes copains. Ah, vingt dieux, il bouge. Capucet, mon gentil. Je toucherai plus un fusil, je te jure, on fera ce que tu voudras. Tu vois, j'aime bien Coindet. Ne saigne plus, ah mal sur nous...

Capucet comprenait, il voulut dire quelque chose de doux, mais le sang coula de sa bouche, il s'évanouit. Rambarde et Truchot avaient taillé les vêtements à coups de couteau pour découvrir les plaies. Sous le sein droit, une décharge de chevrotines avait fait une large blessure d'où jaillissait le sang à chaque inspiration des poumons. Un autre coup de fusil avait déchiqueté le genou droit.

— Il est foutu, murmura Rambarde au Victor.

Et, comme le blessé venait de s'évanouir, il dit à haute voix :

— Y a rien à lui faire. Ça serait le tourmenter pour rien. Emportez-le chez Coindet sans le secouer. Moi je cours chercher le curé.

Brégard prit le corps dans ses bras et partit vers l'Etang. Coindet soutenait la tête, Truchot la jambe blessée.

— Il est pas lourd, dit le Frédéric, mon Dieu qu'il est

pas lourd. Il venait chez nous. Je passais, qu'il disait. Moi qui l'ai tué. Je peux dire que c'est moi. Je le dirai que c'est moi.

Comme ils arrivaient sur la route, Capucet sortit de son évanouissement.

— J'ai mal, murmurait-il. Ce coup-là je suis bien sur le bout...

Il mourut en arrivant chez Coindet. Brégard venait de l'allonger sur la table de la cuisine et le Victor lui apportait un peu d'eau-de-vie dans le fond d'un verre. Capucet regarda le verre, sourit faiblement.

— C'est joli, dit-il.

Rambarde arrivait dans l'instant, précédant le curé de quelques minutes.

— Il a passé, dit Brégard.

Dans un coin de la cuisine, la Jeanne remerciait la Sainte Vierge de toutes les choses qu'elle avait faites pour elle et priait aussi pour le repos de Capucet.

Les quatre meurtriers, abrutis et silencieux, regardaient le pauvre corps allongé sur le bois. Coindet boucha la bouteille d'eau-de-vie restée sur la table et machinalement, en ouvrant le placard, il demanda :

— Est-ce que t'as pensé à l'avoine de la jument?

La Jeanne leva ses longs yeux bleus où dansaient des lueurs d'argent, et Coindet fit le signe de la croix, frappé d'une épouvante obscure, comme si le regard de ces yeux étranges eût charmé des hasards.

DU MÊME AUTEUR

LES OISEAUX DE LUNE, *théâtre.*

LA MOUCHE BLEUE, *théâtre.*

LES TIROIRS DE L'INCONNU, *roman.*

LOUISIANE, *théâtre.*

LES MAXIBULES, *théâtre.*

LE MINOTAURE précédé de LA CONVENTION BELZÉBIR et de CONSOMMATION, *théâtre.*

ENJAMBÉES, *contes.*

Bibliothèque de la Pléiade

ŒUVRES ROMANESQUES COMPLÈTES, I

Dans la collection Biblos

LE NAIN – DERRIÈRE CHEZ MARTIN – LE PASSE-MURAILLE – LE VIN DE PARIS – EN ARRIÈRE.

Impression Brodard et Taupin
à La Flèche (Sarthe),
le 12 août 1992.
Dépôt légal : août 1992.
1ᵉʳ dépôt légal dans la collection : juin 1972.
Numéro d'imprimeur : 1129G-5.

ISBN 2-07-036116-0 / Imprimé en France.